„Gretel"

AF281646

Neuüberarbeitung

„GRETEL"

Lodz, New York und Neheim-Hüsten

Die Jugendjahre eines Flüchtlingskindes

Malgorzata Pohlmann

Für Irina

Impressum
ISBN 3-8311-1160-X
Herstellung: Books on Demand GmbH
Hamburg
Alle Rechte bei der Autorin

„ *Gott bürgt einem nur so viel auf,*

wie derjenige vertragen kann „

Inhaltsverzeichnis:

Kein Vorwort, nur Gedanken

Margarete saß auf der kleinen Terrasse.

Sie wohnten Parterre in einer ruhigen Gegend, im schönen Sauerland.

Deutschland ist zur ihrer Heimat geworden, ihr Mann und ihr Sohn sind hier geboren.

Es war Mitte September, die Sonnenstrahlen trafen ihre braune Haut, erst vor drei Wochen kamen sie aus dem Urlaub.

Diesmal sind sie in Bayern gewesen, im Bayerischen Wald kurz vor der tschechischen Grenze waren sie.

Sie hörte ihre Lieblingsmusik, die Lieder von Marlene Dietrich. Früher wäre es Elvis gewesen.

Elvis, der King, ihr jahrelanges Idol, die Schallplattensammlung war beträchtlich. Als Elvis starb lebte sie in seinem Land.

Marlene, diese Frau mit der dunklen fast maskulinen Stimme faszinierte sie heute.

Diese blonde deutsche Frau, unnahbar und geheimnisvoll.

Das Lied „ sag mir wo die Blumen sind" mochte sie von Marlene am liebsten, sie wusste nicht genau warum ihr dieses Lied am besten gefiel, es handelte vom Krieg.

Margarete war erwachsen bald 37 Jahre alt.

Ihr Mann Jürgen, er hatte ihr den Namen Gretel
verpasst.
Er hatte sich hingelegt wollte ein bisschen
ausruhen.
Ihr Großer stand vor einer schweren
Knieoperation, konnte mit seinen 42 Jahren kaum
noch laufen.
Ihr Sohn Dennis, knapp sechzehn war mal wieder
unterwegs. In der Stadt war Kirmes, für ihn war
sie alt, bis 40 noch Grufti danach Komposti.
Sie musste lächeln wie frech ist die Jugend?
Wir hätten uns das nicht erlaubt, oder?

Ihre halblangen, dunklen Haare wurden mit
einem Haarreifen festgehalten. Sie waren frisch
gewaschen, glänzten in den Sonnenstrahlen.
Sie zündete sich eine Zigarette an, tausend
Gedanken sprudelten durch ihren Kopf.
Diese Gedanken, ließen sie die letzten Jahre nicht
mehr los, die Bilder ihrer Kindheit wollten sie
nicht mehr freigeben.

Sie schaute zum Wohnzimmerfenster, Fridolin, ihr Kanarienvogel, planschte vergnügt in seiner Badewanne.

Das Fenster wurde täglich von innen gründlich berieselt.

Wie eine kleine Sprinkleranlage, mitten im Garten, wurde alles im Umkreis vollgespritzt.

Sie beneidete ihn um sein sorgloses Leben, fast langweilig.

Welche Zukunft erwartete sie? Bis vor ein paar Wochen war ihre kleine Welt noch heile.

Das Blatt hatte sich blitzartig gedreht, in ihrem Leben hatte sie das schon so oft erlebt, sie hatte ihre Arbeit verloren, ihr Mann stand vor einem ungewissen Schicksal.

Welche Überraschungen, Kraftproben standen ihnen bevor?

Unwillkürlich wurde sie mit ihren jungen Jahren konfrontiert.

Ein irgendwann gehörter Satz spukte wieder durch ihre Sinne, wie seit Jahren.

Der Satz „ der liebe Gott bürgt einem nur so viel auf, wie derjenige vertragen kann"

Sie ließ ihre Jugend Revue passieren.

Fragte sich immer wieder, bin ich denn wirklich so stark, kann ich so viel vertragen?

- Die Stadt des Theo -

Jeder Anfang ist ja bekanntlich schwer.
Es war einmal ein kleines Bündel von Mädchen.
Dieses kleine etwas wurde 1963 geboren. Ich
wurde in der Stadt geboren, die Lodz heißt.
Nein, es ist nicht in Griechenland, wie manche
dank Vicky Leandros denken könnten.
Es ist in Polen. Der Theo fährt immer gerne
dahin.
Ich erblickte die Welt am 21ten November.
Die Welt selber nahm leider damals schon kaum
Notiz von mir.

Mutter erzählte mir später, als sie aus dem Krankenhaus kam, hätte sie viele trauernde und weinende Menschen gesehen.

So weit ich weiß, mit meiner Geburt hatte das nichts zu tun.

Der gute J.F.Kennedy ist am 22 ten erschossen worden. Die Menschen trauerten um ihn. Auch die Polen haben diesen jüngsten Präsidenten der U.S.A. geliebt.

So fing mein Leben an.

Die aller ersten Jahre meines Lebens kann ich verständlicherweise nicht erzählen.

Erzählungen anderer können die eigene Erinnerung nicht ersetzen.

Als gut behütetes Einzelkind wuchs ich auf.

Die frühe Kindheit, die ersten Schuljahre verliefen geordnet und normal. Beinahe langweilig.

Ach, ich hatte ganz vergessen, ich wurde mit dem schönen, in Deutschland unaussprechlichen Namen Malgorzata geboren.

Heute nennt man mich Gretel, mittlerweile stehe ich auch dazu.

So lebte ich in meiner wunderschönen, stinkenden Fabrikstadt, für andere vermutlich unverständlich, war ich mit meinem Leben zufrieden.

Meine Eltern beide Malocher, Jan und Eva
gingen arbeiten, waren meiner Meinung nach,
auch mit ihrem Leben zufrieden.
Vater Jan schaute sich mit größter Vorliebe die
amerikanischen Filme an.
Die Pracht und der Luxus überwältigten ihn
immer wieder aufs Neue.
Fred Astaire und Ginger Rogers waren seine
Lieblinge.
Die riesigen theaterähnlichen Räume, die
goldverzierten Badezimmer, die Luft mit Luxus
durchtränkt brachten Glanz in Jans Augen.
Die im Stoff verschwenderischen Glitzerkleider
von Ginger gefielen mir am besten.
Zu Jans weiteren Vorliebe gehörten die
Naturfilme über Kanada.

Die grenzenlose Freiheit faszinierte ihn.
Die wilden, unberührten Wälder weckten den
Pioniergeist.
Unsere ganze Wohnung war so groß, wie die
Diele bei Fred und Ginger.

Wir wohnten in einem zu damaliger Zeit, modernem Hochhaus.
Es war einer dieser Betonkästen mit Luftlöchern, grau und groß.
Wir wohnten in der neunten Etage.
Auf unserer Seite war es die oberste Etage.
Im gleichen Haus gab es auf der anderen Seite zehn, von außen nicht erkennbar.
Die polnische Bauweise ist schon interessant.
Da wir auf der anderen Seite niemand kannten und es für uns keinen sinnvollen Grund gab, sind wir diesem Gerücht nie nachgegangen.
Welchen Sinn hätte es gehabt eventuell feststellen zu müssen das dieses Gerücht der Wahrheit entsprach?
Vermutlich nur schlaflose Nächte und Albträume über zusammenkrachende Dächer.
Eins der Abenteuer betraf die Fahrt mit dem hausinternen Fahrstuhl, falls er nicht defekt war.
Ein Erlebnis ist mir dazu besonders in Erinnerung geblieben.
Morgens auf dem täglichen Weg zur Schule vollgepackt wie ein Esel, mit Sportsachen, Tornister, Schuhe zum Wechseln im Schulgebäude, in den polnischen Schulen liefen die Kinder nicht mit Straßenschuhen, nahm ich aus Zeitgründen den Fahrstuhl.

Einen Tag zuvor war der Aufzug schon am knattern und am quietschen, etwas lauter als gewöhnlich.

Ich stieg ein, verabschiedete mich vorher mit einem Küsschen bei meiner Oma, sie war öfters bei uns.

Ich schloss die alten Holztüren zu, ohne dem fuhr dieses Vehikel überhaupt nicht.

Oma blieb oben stehen, durch ein klitzekleines Fensterchen beobachtete sie meine Fahrt nach unten.

Diese dauerte nicht so lange oder viel länger als geplant. Zwischen dem siebten und achten Stockwerk gab es ein lautes Zischen, Knattern und Quietschen.

Danach passierte gar nichts mehr. Ich steckte fest.

Meine Oma ganz aufgeregt, einem Schreikrampf nah kam mir zur Hilfe, mich beruhigen wollte.

Der Fahrstuhl blieb so hängen, das ich von innen nur die Mauern vor der Nase hatte.

Oma meinte ich solle tapfer sein.

Sie würde mich jetzt alleine lassen um Hilfe zu holen. Mit weinender Stimme eilte sie davon.

Ich überlegte wie es vielleicht doch möglich wäre den Fahrstuhl zu starten.

Nach einer halben Stunde hörte ich mehrere
Stimmen, darunter auch die Stimme meiner Oma.
Sie hatte keine Elektriker finden können, brachte
irgendwelche Bauarbeiter mit.
Diese Männer fingen eine kurze Diskussion über
verschiedene Möglichkeiten der Befreiung an.
Die Risiken wurden fachmännisch in Betracht
gezogen.
Nach einer weiteren Stunde meinten sie dann, sie
wüssten nicht wie sie mich befreien könnten.
Sie hätten alles in deren Macht Mögliche
versucht.
In der Zwischenzeit versammelten sich auch
verschiedene Kinder, die im selben Betonkasten
wohnten.
Jetzt hörte ich diese diskutieren. Der Aufzug war
Gott sei Dank sehr groß, um zu wenig Luftzufuhr
brauchte ich mir keine Sorgen machen.

Irgendwann hatte ein Junge eine erste Idee, er schrie der Wand zu, meine Retter konnten mich ja auch nicht sehen, ich solle die Holztüren schliessen und mich mit meiner vollen Montur daran hängen. So sollte ich versuchen den Startknopf für Notfälle zu betätigen.

Diesen Knopf gab es tatsächlich.

Alles andere war einfacher gesagt als getan.

Die Holztüren mussten geschlossen sein, sie durften auch nicht aufgehen, während ich daran hing. Meine volle Kampfausrüstung durfte den Boden nicht berühren und die Entfernung zu dem Zauberstartknopf konnte bei dieser akrobatischen Standardübung nur mit dem Fuß erreicht werden.

Da es die erste und zu diesem Zeitpunkt vermutlich die letzte Idee zur meiner Befreiung war, die Elektriker waren immer noch nicht aufgetaucht, die Bauarbeiter nachdem sie ihr Möglichstes versucht haben gegangen sind, musste ich es versuchen.

15

Als meine Fahrt mit dem Fahrstuhl des Grauens begann, war es 7.30 Uhr, nach den vergangenen drei Stunden wollte ich langsam raus.

11.10 Uhr, zusammengekauert wie eine Schnecke, das rechte Bein in der Höhe gestreckt, den Fuß, die Zehen gespreizt, schaffte ich es tatsächlich.

Mein Käfig stöhnte kurz auf, knatterte und fuhr einen kurzen Moment an.

Dieser Moment reichte aus. Nun gaben die Mauern ein Stück der Sicht frei.

Die Kinder und meine total nervöse Oma waren zu sehen.

Ich quälte mich mit meinem ganzen Gepäck durch die freie Luke und war draußen.

Die Kinder schauten mich ganz verdutzt an, sie hätten vermutlich mit einem Heulanfall gerechnet.

Nach einem kurzen danke bei dem Jungen mit der einzigen Idee, erneuten Kuss für meine Oma, schaute ich auf die Uhr.

„Wenn ich mich beeile komme ich rechtzeitig zum Sportunterricht", sagte ich, Schwäche oder Angst einzugestehen war noch nie meine Stärke.

Dieses Erlebnis hat keine Phobien hinterlassen, ich fahre immer noch mit Aufzügen.

Allerdings nehme ich nicht so viel Gepäck mit.

Sonst gab es im Haus keine großartigen Abenteuer. Das Wasser erreichte unsere neunte

Etage nicht immer. Der Strom fiel öfters
komplett aus. Diese Zustände waren nicht
außergewöhnlich, sie waren normal, an der
Tagesordnung. Dadurch sollte ich später erfahren
erzieht man Menschen in Flexibilität.
Diese Zustände haben überall im Osten die
Menschen sehr flexibel gemacht.

„Viele Menschen vor einem Laden bedeutete, erst
anstellen, nach ca. 2 Stunden Wartezeit konnte
man schon mal anfragen was es hier gab.
Allgemein wurden die polnischen Bürger zu
geduldigen Menschen erzogen.
Wartelisten gab es in allen Varianten, jeder Pole
stand auf irgendeiner Liste. Auf eine Wohnung
warteten die Menschen jahrelang,
Telefonanschluss wurde als besonderer Luxus
angesehen, Wartelisten auf Elektrogeräte
jeglicher Art, Waschmaschinen, Möbel,

Fernseher. Es gab sogar so unverschämte Menschen, die sich doch tatsächlich auf die Warteliste für Autos eintragen ließen.

Was zum Teufel wollte ein Pole mit einem gekauften Auto?

Die Politiker natürlich vom Volke gewählt, sprachen nie von einer Krise. Die gab es permanent, sie redeten über die Ziele der Planwirtschaft.

Jedes Jahr wurden höhere Ziele angestrebt, von einem Tag zum anderen stiegen die Preise für Lebensmittel um hundert Prozent. Die Menschen wurden zur Sparsamkeit und Geduld angehalten. Die Fleischläden glänzten durch gähnende Leere. Undefinierbare Tierkadaver zierten als Einzelstücke, Unikate, die Haken, auch Fleischhaken genannt.

Beim Kauf vom frischen Brot brauchte man kräftige Ellenbogen, um welches zu ergattern.

In diesem Zusammenhang ist die Regierungsform nebensächlich, solange es den Menschen gut geht und es keine lebensnotwendigen Klagen gibt, wird keiner auf die Idee kommen, etwas Gutes verändern zu wollen.

Gutes gab es in Polen leider nicht sehr viel, bis auf die bessere staatliche Versorgung für Kinder der arbeitenden Frauen. Bei der Übersetzung des deutschen Wortes Hausfrau würde jede Polin vermutlich einen Lachkrampf bekommen. Eins muss allerdings zu Verteidigung der Hausfrauen gesagt werden. Die polnischen Frauen mussten aus finanziellen Gründen mitarbeiten, der männliche Durchschnittsverdiener hätte alleine eine Familie nicht ernähren können.

Ein einziger Pluspunkt noch erwähnenswert im Gegensatz zu Deutschland, es war nichts außergewöhnliches als Ingenieur, Architekt oder Konstrukteur zu arbeiten, akzeptiert zu werden, berufliche Karriere zu machen, ohne unbedingt ein Mann sein zu müssen.

Ansonsten gab es nicht viele glückliche und positive Lichtblicke für die normale polnische Bevölkerung. Wie es heute ist kann ich nur noch aus der Ferne beurteilen somit mir kein Urteil anmaßen.

Wer damals allerdings Devisen besaß, bekam alles.

So vergingen die ersten Jahre meines Lebens.

Ich ging zur Schule, war Klassenbeste, und ein intelligentes Mädchen, sagte man jedenfalls.

Meine Oma Maria war meine beste Freundin. Ich verbrachte immer sehr viel Zeit bei ihr.

Das Haus in welchem Oma seit Jahrzehnten wohnte war noch viel lustiger als unseres.

Die Kriege hat es überstanden, dementsprechend sah es auch aus.

Maria hatte eine kleine Dachwohnung, eigentlich ein Zimmer, aufgeteilt durch Möbel in verschiedene Bereiche. Eine Schlafnische und die kleine Küche mit einem Kohleofen gehörten dazu, hier wurde geheizt und gekocht.

Ein Sofa mit einem Tisch diente als eine Art Wohnzimmer.

Die Fensterbank benutzte sie in der kalten
Jahreszeit als Kühlschrank, sonst gab es
Eingemachtes. Das Badezimmer bestand aus
einem Spülbecken mit kaltem Wasser.
Die Toiletten waren draußen, nur durch den
Innenhof über einen langen, dunklen Gang
konnte man dahin gelangen.
Abends glich es einen Albtraum um aufs Klo zu
kommen.

Die Treppen im Haus erinnerten an die Ruinen
der Azteken. Wie Steine am Meeresboden, nach
einer jahrzehnter Bearbeitung durch Salzwasser.
Durch die vielen Menschenfüße abgeschliffen,
bedurften sie einer besonderer Vorsicht um den
Halt nicht zu verlieren.

Es befanden sich aber Wohnungen in diesem alten Gemäuer. Die Menschen hausten nicht in Zelten.

Zelte betreffend werde ich später in meiner Erzählung die Antwort nachtragen.

Mich störte das Ganze nicht. Ich kannte nichts anderes, habe mich nie beklagt.

Oma Maria war eine einfache, liebe Frau.

Früher muss sie eine stattliche, große Frau gewesen sein. Ihre alten Photos zeigten eine schöne, schlanke Frau mit schwarzen Haaren und dem edlen, mystischem Greta Garbo Ausdruck.

Heute war sie meine Oma.

Ich liebte ihre Pfannkuchen.

Wenn ich bei ihr war wurde ich durch den betörenden Duft dieser besonderen Köstlichkeiten geweckt.

Sie nahm mich immer mit in ihre kleine Kirche.

Oma Maria war sehr fromm und gottesfürchtig.

Die Kirche war prunkvoll ausgestattet. Alles wurde sehr liebevoll und detailliert eingerichtet.

Die Gotteshäuser waren immer voller Menschen.

Die Luft darin immer gesättigt mit Weihrauch, voller Wärme und Liebe.

Der Glaube konnte durch den Kommunismus nicht kaputt gemacht werden, er gab und gibt den Menschen in Polen großen Halt.

Diese kahlen, modernen Kirchen im Westen sind mir ein Gräuel.

Um so schlichter, um so kälter wirken sie auf mich.

Im Großen und Ganzen aber war mein Leben bis zu meinem 12 Lebensjahr ziemlich langweilig.

Es wäre fast schon zu schön gewesen wenn es so geblieben wäre.

Vater Jan und Mutter Eva wurden immer unzufriedener.

Die Filme mit Fred und Ginger spukten Vater Jan immer mehr durch den Kopf.

Amerika, Land der tausend unbegrenzten Möglichkeiten.

Dollar liegen auf der Straße, die gebratenen Tauben fallen einem vom Himmel direkt in den Mund.

Jeder zweiter Pole stellte und stellt sich Amerika so golden vor.

Damit sind natürlich die USA gemeint.

Die Möglichkeiten einer normalen Reise für kleine arme Polen waren 1976 allerdings sehr begrenzt.

Da erinnerte sich Mutter Eva doch tatsächlich das ihr Großvater eigentlich einen deutschen Schäferhund hatte.

Es war natürlich ein westdeutscher Schäferhund. Diese Tatsache die es nun mal gab war zum damaligen Zeitpunkt sehr wichtig.

Ein Schäferhund aus Sachsen wäre eine Katastrophe gewesen.

So war es auch sehr wichtig die alte Heimat aufzusuchen. Der Weg dahin lag näher als der andere zu unserem Traumland, dem Schlaraffenland hinter dem Atlantik.

Jan und Eva wurden von Tag zur Tag unzufriedener. Ihre politische Gesinnung wurde immer mehr angeprangert.

Sie wurden schon derartig diskriminiert und verfolgt das sie sich kaum noch auf die Straße trauten.

Die schlimmsten Sorgen machten sie sich natürlich um ihre Kleine, vielleicht tue ich ihnen Unrecht.

Wie alle Eltern wollten sie das Beste für ihr kleines Mädchen.

Derartig voller Sorge wollten sie ihrem Land den Rücken kehren, um vor allem ihrem Kind ein besseres Leben zu bieten. Ein Leben im Westen.

Es kam, wie es kommen musste.
Anfang 1976 verließen wir Polen, wir wollten im goldenen Westen dem Glück nachjagen.
Mich hatte niemand gefragt, auch wenn ich hätte es nicht verhindern können.
Mein langweiliges Leben, es sollte nicht so bleiben.

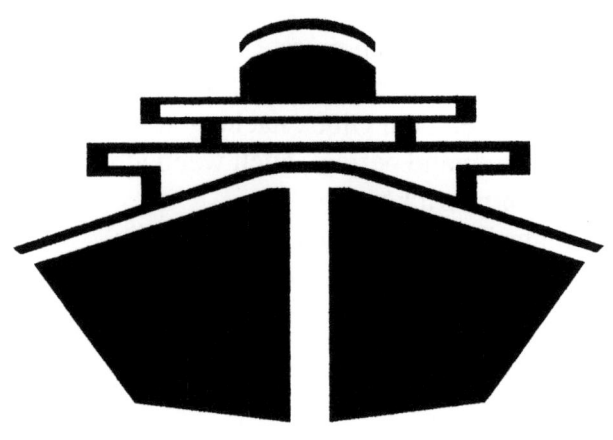

- Die Reise -

Mit dem Schiff Richtung Schweden fing unsere
Reise an.
Auf einem alten polnischen Dampfer ohne
irgendwelche Medikamente gegen Reiseübelkeit
ging es los.
Wir kamen ja aus der Fabrikstadt Lodz, da konnte
uns doch so ein kleines Schiffchen nichts
anhaben.
Nach ca.30 Minuten Fahrt musste Jan die
Meinung ändern, kurz danach ließ sich Mutter
Eva überzeugen.
Margarete hielt sich sehr tapfer, bis sie auf ihre
Mutter hören musste und sich hinlegen sollte.
Nach dem Hinlegen ging es ihr besser.

Erleichtert und überzeugt von der Kraft des Wassers verlief die Fahrt ansonsten ohne große Zwischenfälle.

Morgens kamen wir in Schweden an.

Sofort nach der Ankunft wollten wir endlich unsere politische Gesinnung der westlichen Welt offenbaren. Wir dachten herzlich aufgenommen zu werden.

Vater Jan führte uns beide ganz stolz zur der nächsten Polizeistation und legte die Reisepässe auf die Theke.

Er sagte ein für mich damals neues Wort, „Asyl" Die schwedischen Polizisten haben es wohl nicht richtig verstanden.

Auf einmal wurden wir zusammen mit noch zwei armen polnischen Schluckern in einen Polizeibulli verfrachtet. Eine ungewisse Fahrt begann.

Liebe Leser, können Sie sich vorstellen wie sich ein 12 jähriges Mädchen fühlt wenn zwei bis auf die Zähne bewaffneten Polizisten als Eskorte mitfahren, mit einem für die Insassen unbekanntem Fahrtziel? Es ist ein sehr beruhigendes Gefühl.

So fuhren wir, ich weiß nicht mehr wie lange, die Fahrt erschien mir damals endlos.

Irgendwann kamen wir vor einem großen, grauen Gebäude an.

Die Polizisten ließen alle aussteigen, tatsächlich ohne die Pistolen zu entsichern.

Sie führten uns in einem größeren Raum, noch mehr komische Gestalten bewegten sich darin.

Nach einer Weile kam eine Frau dazu, sie sprach polnisch.

Sie erzählte uns von irgendeinem Abkommen, meinte innerhalb von drei Monaten sollten wir nach Polen zurückkehren ansonsten wäre die schwedische Polizei so freundlich und würde uns kostenlos zurückbringen.

Ich fand die Frau sehr nett. Durch die schöne Geste der Polizisten könnten wir uns doch die Reisekosten für die Rückfahrt ersparen.

Jan und Eva wollten die nette Hilfe nicht annehmen, für mich total unverständlich.

Nach diesem Gespräch durften alle gehen.

Noch am selben Abend saßen wir auf einem Schiff Richtung Deutschland.

Vollgepumpt mit Medikamente gegen Reiseübelkeit warteten wir ungeduldig. Das Schiff sollte endlich losfahren.

Es geschah nichts, war das Schiff vielleicht defekt?

Kein Schaukeln kein Motorengeräusch, eigenartige Stille.

Ziemlich gelangweilt sehe ich zufällig durch die Luke, wundere mich über ein vorbei ziehendes

Licht. Jan bemerkte beiläufig das es nur eine Boje wäre.

Alle drei schauten wir hinter dem Licht her, kaum zu glauben wir fuhren schon eine Stunde und haben es nicht gemerkt.

Der Seegang war nicht stärker, die See war genauso wild oder ruhig wie bei Fahrt mit dem polnischen Dampfer.

Als die schwedischen Schiffsbauer schon mit Messern und Gabeln essen konnten da haben wohl die polnischen Schiffsbauer zwischen den Bäumen gesessen und mit Kokosnüssen gespielt, vielleicht sitzen sie heute noch dort.

Die schwedische Technik war mit der polnischen nicht zu vergleichen.

Vielleicht lag es auch am Geld dass das polnische Schiff keine Stabilisatoren kannte?

Am nächsten Morgen sollten wir in dem gelobten Westdeutschland ankommen.

Was erwartete uns dort?

- Nasse Füße und Plastikhähnchen -

In Deutschland kamen wir direkt an der Ostsee
an. Wir nahmen sofort den ersten Zug zu der
nächsten größeren Stadt, die wir kannten.
Dort angekommen ging das gleiche Spiel wie
schon in Schweden wieder los.
Vater Jan ging mit uns beiden Frauen in eine
Polizeistation, legte demonstrativ unsere
Pässe auf dem Tisch.

Die Polizisten amüsierten sich über uns, sie fragten Jan ob er zwei Frauen hätte.
Wir waren zwar alle der deutschen Sprache nicht besonders mächtig, die Körpersprache jedoch haben wir verstanden.
Mutter Eva war noch keine 30 Jahre alt.
Sie trug mit Vorliebe ihre langen schwarzen Haare offen. Ich war für meine zwölf Jahre schon sehr weiblich.
Vater Jan mit seinen blonden Locken sah zwar nicht aus wie jemand mit einer fremdländischen Konfession, (die ihm offiziell zwei Ehefrauen erlauben würde) die Polizisten glaubten jedoch das es so war.
Nachdem Jan wieder das komische Wort „ Asyl" ausgesprochen hatte wurden ihre Gesichter ernst.
Ich dachte schon sie würden uns auch kostenlos nach Polen zurückbringen, leider wollten sie das nicht.
Sie brachten uns mit einem normalen Wagen ohne eine zusätzliche Bewaffnung zum Bahnhof.
Beim Deutschen Roten Kreuz haben sie uns abgeliefert.
Diese Leute gingen für uns einkaufen, gaben uns zu essen und zu trinken. Es ist bis heute die einzige karitative Einrichtung die von mir eine Spende bekommt.
Vater Jan bekam Bahnfahrkarten.

Das Ziel war für uns unbekannt, sogar Proviant bekamen wir auf dem Weg.

So fuhren wir erneut einer unbekannten Zukunft entgegen.

Die Fahrt ging viele Stunden und endete irgendwo in Bayern. Heute mache ich mit meiner Familie Urlaub dort.

Drei kleine Polen hatten bis dahin schon eine kleine Weltreise gemacht.

An unserem Ziel angekommen kam ich mir schon fast wie zu Hause vor.

Die Häuser waren fast so groß wie unsere Betonklötze und genauso häßlich.

Sie waren grau und unfreundlich. Am Eingang gab es eine Art Anmeldestelle.

Da gingen wir alle hin. Vater Jan legte das Papier vor welches er von den Polizisten bekommen hatte.

Das Zauberwort „Asyl" wurde immer öfter genannt.

Ich wusste immer noch nichts damit anzufangen.

Das Wort musste auf jeden Fall etwas besonderes sein. Das stand fest.

Wir sind in einem Flüchtlingslager gelandet.

Einen der heute sehr beliebten Asylantenheime.

Über die Aufnahme mussten wir froh sein.

Stellen wir uns doch Menschen aus einem Kriegsgebiet vor.

Kleine, kranke Kinder. Ist es nicht wichtig den Schwächsten eine Zuflucht zu gewähren?.
Klar, solange sie nicht alle hier bleiben, na mal ehrlich.
Mitleid ist gut. Die menschliche Akzeptanz auf Dauer ist besser. Diese Menschen brauchen Hilfe.
Keiner von uns kann sich vorstellen in deren Haut zu stecken. Ich auch nicht.
Uns ging es nicht so schlecht. Trotzdem war ich zu diesem Zeitpunkt froh darüber wieder ein sich nicht bewegendes Dach über dem Kopf zu haben.
Wir kamen dem goldenen Westen immer näher.
Frauen und Männer schliefen in diesem Lager getrennt.
Zusammen mit Mutter Eva und anderen Frauen aus verschiedenen Ländern wurden wir in einem Raum untergebracht.
Mit in unserem Zimmer gab es eine hochschwangere, dunkelhäutige Frau.
Aus welchem Land sie kam, konnte man nur raten.
Wenn sie das Zimmer verließ schoss sie uns alle ein, eine interessante Angewohnheit.
Eines Abends sah ich warum. Die Schwangere hatte ihren ganzen Goldschmuck im Schrank versteckt.
Sie hatte Angst beklaut zu werden, bei so vielen Polen glatt verständlich.

Da sie ihren Schmuck wohl nicht immer mit sich tragen wollte, zog sie es vor bei ihrer Abwesenheit die anderen einzuschließen.

Wir fanden das lustig und ließen der Frau ihren Willen. Außer ein paar Kirschen aus Nachbarsgarten habe ich niemals jemandem anderen etwas weggenommen. Es ist keine Entschuldigung, nur eine Tatsache.

Vermutlich 99,99999 % meiner Landsleute auch nicht.

Mit im Zimmer war auch eine ältere, nette Dame aus Ungarn.

Sie konnte uns verständlich machen, sie wäre eine Lehrerin gewesen.

Es war nichts außergewöhnliches an ihr, bis auf die interessanten Haare.

Die Form des Kopfes sah sehr unnatürlich aus.

Ich rätselte warum, bis ich endlich das Geheimnis lüften konnte.

Eines nachts, nachdem ich von der Toilette kam, saß auf meinem Hochbett eine fast glatzköpfige Oma. Ihr nacktes Haupt war mit einem Netz bedeckt.

Die letzten Härchen schimmerten durch das Netz, sahen dem Engelshaar am Weihnachtsbaum zum Verwechseln ähnlich.

Sie sah aus wie ein Gespenst, unerwartet im Dunkeln wollte ich ihr nicht begegnen.

Der geisterhafte Ausdruck wurde durch ihr langes, weißes Nachthemd noch verstärkt. Sie lächelte mich gütig an, schämte sich offensichtlich etwas.

So waren alle kleinen Geheimnisse gelüftet.

Eins habe ich noch vergessen.

Nach ca. drei Tagen Aufenthalt in diesem lustigen Haus stieg ich aus dem Bett und stand knöchelhoch im Wasser.

Die Hochschwangere wischte den Raum. Sie kippte erst mehrere Eimer Wasser aus. Eine kleine Überschwemmung war die Folge.

Sie nahm keine Putzmittel dazu.

Nach einer Weile nahm diese Frau den Schrubber, schob mit aller Kraft das ganze Wasser in Richtung Flur.

Dieser Art sauber zu machen war uns bis dahin unbekannt, aber man lernt ja bekanntlich nicht aus.

Wir verbrachten ca. 14 Tage dort.

Alle paar Tage gab es naße Füße, jeden Abend eine kostenlose Gespenstervorstellung.

Zwischendurch wurden wir eingesperrt. Das Ganze musste wichtig fürs Leben sein.

Nach diesem lehrreichen Aufenthalt ging unsere Reise weiter.

Wieder mit einem unbekannten Ziel.

Diesmal fuhren wir mit einem vollbesetzten Bus mit.

Der Bus war mit den dunkelhäutigen Menschen aus dem Lager besetzt.

Unsere Reise ging die ganze Nacht. Die Luft wurde immer schlechter, es war zeitweise nicht zu ertragen.

Da wir gut erzogen waren nahmen wir lieber Bauchschmerzen hin als Luft abzulassen.

Dieser Meinung waren leider nicht alle unsere Mitfahrer.

Die Luft, falls man es noch als Luft bezeichnen konnte, war angereichert mit allen menschlichen und unmenschlichen Gerüchen.

Die orientalische Pracht, der starke Knoblauch, heute esse ich diese Knolle leidenschaftlich gerne, entwickelten einen fast sichtbaren Nebel.

Der deutsche Busfahrer fluchte immer mehr.

Diese Ausdrücke lernt man in einer fremden Sprache immer zuerst.

Wir verstanden sie natürlich nicht. Der Mann erbarmte sich zwischendurch, machte kurze Fahrtpausen.

Als die Fahrt endlich endete breitete sich bei uns eine große Erleichterung aus.

Aber, wo waren wir denn jetzt schon wieder? Man brachte uns alle zu einem anderen Lager, diesmal schon in Westfalen.

Der Griff der Bürokratie zog uns wieder an sich. Mittlerweile haben wir uns schon fast daran gewöhnt.

Diesmal hatte jede Familie ein eigenes Zimmer.
Die Küche wurde gemeinsam genutzt.
Wie der Zufall will, war die schwangere Frau mit
ihrem Mann auch mitgefahren.
Eines Tages konnte ich ihr beim Kochen
zugucken.

Die Frau brachte ganz stolz ein gefrorenes
Hähnchen aus dem Supermarkt mit.
Sie wollte eine Hühnersuppe kochen. Einen Tag
zuvor hatten wir auch eine Hühnersuppe
gemacht, es hatte im ganzen Haus danach
geduftet. In Folie eingepackt, nahm sie das arme
Federvieh und legte es samt Verpackung in einem
Kochtopf. Sie stand vor dem Topf wartete
gespannt was passiert. Ich stellte mich dabei und
guckte mir erst das verrückte Kochen an.
Die Frau ging immer wieder an den Topf, drehte
das Plastikhähnchen um. Irgendwann konnte ich
das nicht mehr mit ansehen. Ich holte ein großes
Messer von meinem Vater Jan, nahm das
Federvieh raus, schnitt die Folie durch und
entfernte die Innereien. Ich legte es wieder in den
Topf. Die Hochschwangere Frau nickte ganz
kurz, sie senkte ihre dunklen Augen. Sie sagte
ohne Worte danke.

- Dachboden und Zelte -

Die vorherige Station dauerte eine Woche.
Schon wieder ging es für uns weiter, wieder mit
einem unbekannten Ziel.
Die Deutschen waren ja die Reisenation Nr.1.
Davon sollten wir anscheinend auch überzeugt
werden.
Mit einem Bulli fuhren wir eine kurze Strecke.
Am Zielort fuhr man uns zur einer Behörde.
Später erfuhr ich das es das Gemeindehaus war.
Ein netter Mann mit einem sehr lichtem Haar
brachte uns zu Fuß zu einem nahe gelegenem
Haus.
Dieses Haus war groß, hell und freundlich.
Es wohnten vielleicht fünf Familien, ganz
normale einheimische Familien darin.
Wir wurden ganz oben einquartiert.
Der nette Mann muss wohl sehr neugierig
gewesen sein. Bevor er ging schaute er sich ganz
gründlich den Inhalt unserer Koffer an. Wir
hätten auch Spione sein können.
Der Ort war bestimmt strategisch wichtig. In
Zeiten des kalten Krieges konnte man nicht
vorsichtig genug sein, dachte ich.
War das jetzt endlich der goldene Westen?
Haben wir es wirklich geschafft?

Wir schauten uns in aller Ruhe die Wohnung an.
Sie bestand aus zwei Zimmern Küche, Bad, war
notdürftig möbliert.

Es war ein langer Schlauch. Die Räume waren
alle linksseitig angebracht.
Auf der anderen Seite direkt neben den
Durchgang war der Dachboden, wurde von den
anderen Hausbewohnern als Trockenraum
genutzt. Das war für mich kein Problem.
Wenn ich gebadet hatte musste ich zwar ein
Stück durch den langen Flur laufen bis ich zu
meinem Zimmer kam, das Klo war aber im Haus
und nicht draußen wie bei meiner Oma.
Für ihre Mutter Eva war das schon ein Problem.
Sie konnte immer damit rechnen, wildfremdem
Menschen zu begegnen.
Die Begegnung mit den Hausbewohnern war für
Eva besonders angenehm wenn sie frisch vom
Baden kam und in das am weitesten entfernte
Schlafzimmer gehen wollte.
Wohnzimmer gab es gar nicht.

Meckern oder sich beklagen hätte keiner von uns gewagt. Wir waren im goldenen Westen.

Außerdem waren wir Flüchtlinge, heute als deutscher Steuerzahler bin ich der Meinung sie kriegen doch alles von unseren Steuern geschenkt. So kalt ändert sich die Sichtweise.

Es vergingen ein paar Monate. Arbeiten durften Jan und Eva nicht.

Ich brauchte nicht zur Schule gehen.

Anscheinend sind alle Flüchtlingskinder sehr intelligent.

Der Winter nahte, eine Heizung gab es nicht.

Diesen Luxus hatten wir sogar in Polen.

In Deutschland feierten die Menschen den Winter des Jahrzehnts.

Dieser Zustand bewog Vater Jan die Gemeinde aufzusuchen um nachzufragen womit wir heizen sollen.

Ich durfte Jan begleiten, inzwischen konnte ich ein paar Brocken deutsch.

Wir trafen auf den netten Mann mit dem lichten Haar. Sein Büro war bis zur Decke mit Akten vollgepackt, ein armer Mann.

Er erklärte uns ganz freundlich das wir froh sein
sollten ein Dach überm Kopf zu haben.
Außerdem meinte der glatzköpfige Kerl wir
hätten in Polen sowieso in Zelten gelebt.
Ich verspürte zum ersten mal Wut im Bauch.
Dieser Kerl behauptete so etwas Unverschämtes,
das ich anfing laut zu schimpfen.
Da ich so aufgeregt war vergaß ich das bisschen
deutsch und schimpfte auf polnisch.
Wusste dieser Mann denn nicht das wir aus einer
Großstadt kamen?
Die wunderschöne, stinkende Fabrikstadt. Mit
rauchenden Schornsteinen voller Textilindustrie,
mit einer nicht gerade gesunden Luft, aber mit
Häusern.
Wir haben in Polen nicht in Zelten gelebt und
wollten es im goldenen Westen auch nicht tun.
Vater Jan bedankte sich freundlich für die

Frechheit dieser Glatze. Er nahm seine stinkige
Tochter an die Hand und wir gingen nach Hause.
Not macht bekanntlich erfinderisch und
außerdem waren wir flexibel.
Es dauerte nicht lange und Vater Jan hatte eine
rettende Idee.
Er baute die Elektroplatten aus dem Herd, stellte
sie auf einer Unterlage, verkabelte sie eigenartig
und schloss sie an den Strom an.
Diese Art Heizkörper waren abenteuerlich und
vermutlich verdammt gefährlich, er bekam
zwischendurch auch einen gewischt, aber es
funktionierte.
Was waren auch kleine Stromschläge gegen das
wunderbare Dasein im gelobten Westen.
So lebten wir mehr schlecht als recht in unserer
neuen Heimat.
Diese neue Heimat bestand aus einem kleinen
Örtchen in Westfalen, sogar einen Kurort.
Jeder kannte jeden.
An sich habe ich nichts mehr gegen diesen
Zustand.
Damals war das ein Albtraum für uns. Wir kamen
aus der Stadt des Theo, der alten Fabrikstadt, aber
einer Großstadt.
In einer Großstadt kennen sich die Menschen
nicht untereinander. Es gibt ein anonymes Leben.
Hier waren wir 1976 eine Attraktion. Die

Menschen zeigten auf uns mit den Fingern. Nicht aus Bosheit, einfach aus Neugierde.

Wir waren etwas neues, außergewöhnliches, sogar exotisches. Polen im Westen waren zu damaligen Zeitpunkt exotisch. Sie waren im Vergleich zu heute selten. Wer kann sich heute vorstellen das polnische Landsleute auf irgendeinen Deutschen exotisch wirken?

Ich nicht. Ehrlich gesagt sind die wenigsten auch davon begeistert, wenn neue Einwanderer aus Russland, Rumänien, Polen oder sonst irgendwo her nach Deutschland kommen.

Dies hat mit Außländerfeindlichkeit nichts zu tun. Wenn ich nicht eine gebürtige Polin wäre würde mir bestimmt auch sofort etwas anderes unterstellt werden. Das Thema spreche ich vermutlich auch gar nicht an. Ich werde auch den Teufel tun und mich für irgendeine Seite entscheiden, außer für die menschliche.

Nein, viele Menschen haben einfach Angst das es ihnen mit den Jahren schlechter gehen könnte. Der eigene Luxus und der Lebensstandard sind überall wichtig.

Nur die Politiker verschließen die Augen. Sie wollen mit allen Mitteln die Rente sichern. Vermutlich haben unsere Vertreter die größte Angst davor das ihre Alterssicherung ausfallen könnte, bei den niedrigen Geburtszahlen in Deutschland. Ist es nicht interessant wie sich die

Sichtweise verändern könnte wenn man selber nicht mehr in der Lage der Suchenden sei?

Die Bürger egal welcher Nationalität, die täglich ihrer Arbeit nachgehen, bezahlen alles.

Die ausländischen Bürger steuern ihren Teil auch dazu bei.

Ist die Bezeichnung für einen arbeitslosen Gastarbeiter nicht verfehlt?

Sind die kriminellen Ausländer nicht fehl am Platze? Die kriminellen Deutschen können leider nicht ausgewiesen werden. Nicht nur das Gute, auch das Schlechte bilden eine Einheit.

Die heutigen Generationen büßen immer noch für die alte Geschichte. Die Meinung zu diesem Thema wird sofort als feindlich angesehen.

Alle, die in Deutschland leben und arbeiten tragen die alte Last. Auch die Ausländer oder Einwanderer.

Gab es denn für die westdeutschen Bürger ein Begrüßungsgeld in den anderen Ländern?

Ist Deutschland nicht eines der reichsten Länder
der Welt?
Anders gedacht. Die Ausländer die hier geboren
sind, wo haben diese Menschen ihre Heimat? .
Deutsch ist ihre Muttersprache, sie sind hier mit
Recht zu Hause, unabhängig von der Hautfarbe.
Zu jeder dieser Fragen gibt es zig verschiedene
Meinungen. Für mich ist nur die menschliche
Sichtweise richtig. Alles andere würde den
Rahmen sprengen und die wahre Erzählung
verfehlen.
Für uns war es eine andere Situation. Nach acht
Monaten nahm das Schicksal seinen Lauf.
Vater Jan geisterten die Filme von Fred und
Ginger wieder durch den Kopf.
Der Höhepunkt wurde durch einen behördlichen
Brief erreicht.
Aus dem wunderbaren, verständlichen
Amtsdeutsch konnten wir folgendes erlesen „uns
wurde die Rückkehr nach Polen empfohlen,
durch die DDR".
Wir haben schon sehr viele Reisen gemacht,
diese Reise mussten wir umgehen.
Es ist heute nicht sehr lustig durch die neuen
Bundesländer zu fahren, damals wäre es
bestimmt noch viel lustiger geworden.
So wurde der Traum Amerika zur langsamen
Realität.

Jan, Eva und selbstverständlich auch ich, andere Alternative gab es für mich kaum, wollten weiter ziehen.

Das Glück suchen, die Sehnsucht nach Freiheit und der Traum Amerika, ließ uns nicht mehr los. Wir wollten endlich die Dollar von der Straße aufheben, die gebratenen Tauben in den Mund fallen lassen. Länger wollten wir nicht mehr warten.

- Amerika wir kommen -

Ganz so schnell sollte der Traum doch nicht wahr
werden.
Drei kleine Polen, ohne Geld, ohne Verwandte
und ohne Sprachkenntnisse wollten nicht alle
haben.
Erinnern wir uns noch an Jans zweite Vorliebe.
Kanada, die Naturfilme, die grenzenlose Freiheit.
Kanada wollte die armen polnischen Schlucker
nicht.
Wir hatten ja nichts wo die Kanadier scharf drauf
waren.
Australien meinte Jan wäre noch ein Versuch
wert. Leider hatten die Australier die gleiche
Meinung wie ihre kanadischen Kollegen.
Es ist nur gut das Jan sich keine Naturfilme über
Afrika angesehen hatte.

Die Vorstellung heute von Buschtrommeln
umgeben zu sein bereitet mir jetzt noch
Gänsehaut.
Der Weg in die U.S.A. war noch offen.
Das Wunder geschah. Die Amerikaner wollten
uns haben.
Welches Glück Wahnsinn!!!

Aus den drei armen Polen wurden auf Anhieb
drei polnische Glückspilze.
Unser Glück war vollkommen.
Wir durften ausreisen. Die Heimat von Fred und
Ginger nahm uns auf, sie wollten mit uns ihren
Luxus und die Pracht teilen.
Jan und Eva erledigten alle notwendigen
Formalitäten. Die schon bekannte Bürokratie
wurde hier auch gebraucht.
Im Jahre 1977 flogen wir, habe ich flogen gesagt.
Ja wir flogen, mit einem wunderbaren und vor
allem zum ersten Mal bekanntem Ziel.
Es war New York.
Wir glaubten es fast nicht, es war wirklich

New York . U.S.A

Der Flug, unser erster, verlief relativ gut.
Vater Jan wurde bei der Flughafenkontrolle sein
großes Messer in Verwahrung genommen, er
hatte vermutlich Glück das es nur das Messer
war. Eine Stewardess gab es ihm nach dem Flug
mit einem freundlichen Lächeln zurück.
Mutter Eva, ihre Gesichtsfarbe veränderte sich
öfters, glich während dem Flug einem großen,
sehr rotem Radieschen.
Hecktische rote Flecken am Hals, im Gesicht und
Dekolleté verrieten die Nervenanspannung.
Ich hatte zwischenzeitlich Angst um meine
Mutter.
Eva sah aus wie kurz vor einer Explosion.
Ich dagegen stieg mit dem Gedanken ein was
passieren soll wird passieren. Ein kleiner
Klugscheißer war ich damals schon. Das Dasein
als Einzelkind prägt doch.
Als Passagier hatte man doch kein Einfluss auf
den Ausgang des Fluges, sehr weise für eine
junge Göre.
Ich wollte mich nicht aufregen um hinterher
feststellen zu müssen das die ganze Aufregung
umsonst war, hoffentlich.
Ich blieb wirklich locker, unterhielt mich mit
anderen polnischen Glückspilzen, die auch die
große Reise überm Teich machen durften.
Die wahnsinnige Kulisse, die Skyline von

New York, wirkte faszinierend, berauschend.
Die Tausend funkelnden Lichter, die schon von
vielen beschrieben wurden, kribbelten bei der
schon 13 jährigen auf der Haut.
Ich war am Ziel, meine Eltern, wir waren die
polnischen Glückspilze.
Die Landung wie es sich gehört fand auf dem
John F. Kennedy Airport statt.
Ich dachte an diesen Präsidenten der U.S.A.
Auf eine geheimnisvolle Art war ich mit ihm
verbunden, ein Tag vor seinem Tod wurde ich
geboren.
Diese Tatsache ließ mich nie diesen Mann und
seinen Todestag vergessen.
Jetzt hatte ich die Ehre in seinem Land, auf dem
Flughafen der ihm zu Ehren seinen Namen trug,
zu landen.
Abends wurden wir Drei und eine Handvoll
anderer polnischer Glückspilze mit einem Bus
vom Flughafen abgeholt.
Wir Glücklichen versuchten während der Fahrt
durch das für uns gelobte Land einen Blick von
der Pracht zu erhaschen.
Die Menschen unterhielten sich voller Erwartung
und Begeisterung. Die Augen glänzten.
Ihre Hände waren feucht.
Da es alles Polen waren, könnte der Leser dazu
neigen daran zu denken das dieser Zustand mit

dem übermäßigen Wodkagenuss zusammen hängen könnte.

Es war nicht so, die Hände waren vor Aufregung feucht, die Augen glänzten erwartungsvoll ängstlich.

Welche Zukunft stand uns allen bevor, was hielt das Land der Tausend Möglichkeiten für uns bereit?

Gibt es nicht immer eine zweite Seite der Medaille?

Unser Bus fuhr weiter durch die ziemlich dunklen Straßen. Die Fahrt war sehr holprig.

Keiner von uns hätte nur einem Gedanken daran verschwendet womit dieser Zustand zusammen hängen könnte.

Vor einem alten, klobigem Kasten endete die Fahrt, es hieß Hotel.

Die polnischen Glückspilze, wir gehörten auch dazu wurden alle zusammen gerufen.

Wie eine Herde Schafe durften wir auf eine Art Zuweisung der Zimmer warten.

Ein schlampiger, farbiger Hotelboy, seine Kleidung schmierig stank nach altem Schweiß, brachte uns irgendwann mit dem Aufzug zu unserem ersten Quartier im goldenen Westen.

In der fünften Etage hielt der Aufzug, stöhnte kurz auf wie ein verletztes Tier, ließ uns aber gehen, den Hotelboy voran.

Unser Begleiter schloss die Tür auf, ließ uns ganz stolz hinein, verharrte neben dem Ausgang mit einer eigenartigen Handbewegung.

Er blieb geduldig stehen immer noch mit der eigenartig verkrampften Hand, worauf wartete er wohl?

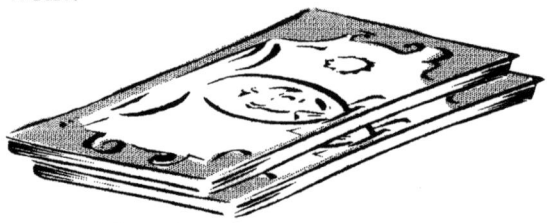

Jetzt endlich hatte Jan verstanden. Er gab dem Hotelboy ganz freundlich die Hand und verabschiedete sich von ihm.

Dieser murmelte sich etwas in den Bart, ging aber endlich.

Jan, Eva und ich, waren nach vielen Stunden, endlich unter uns.

Wir sahen uns in Ruhe unsere Zimmer an. Die Einrichtung stammte aus einer anderen Epoche. Die Möbel waren bestimmt noch aus der Zeit von Abraham Lincoln. Sie waren nicht alt und wertvoll, das Wort wertvoll fehlte, sie waren nur alt und abgenutzt.

Unser Quartier bestand aus einem Zimmer mit einem Doppelbett. Ein Einzelbett stand direkt daneben. Zwei Sessel mit einem kleinen Tisch davor, seitlich ein Duschraum gehörten dazu. Rechts vom Doppelbett befand sich eine Spüle.

Ein Fenster mit einer alten, vergilbten Gardine war auch tatsächlich vorhanden.

Die dicke Schicht Staub und Dreck bot den darunter stehenden Möbeln einen Schutz davor beim nächsten Berühren oder Anpusten zusammen zu fallen, um sich in den längst verdienten Ruhestand zu begeben.

Vater Jan und die kleine Margarete, überwältigt von der Pracht wagten sich kaum zu bewegen.

Tatsächlich, Mutter Eva, sie hatte mittlerweile ihre normale Gesichtsfarbe wiedergewonnen, ergriff die Initiative.

Sie holte aus dem Duschraum eines der vielen Handtücher, ganze zwei, und fing an die Sessel zu entstauben.

Nach einer längeren Weile hatte sie es geschafft, so etwas wie Farbe kam zum Vorschein.

Diese war allerdings undefinierbar.

Der Anfang war doch geschafft. Unser Blick fiel in Richtung der Spüle.

Das Möbelstück verborgen in einer dunklen Nische, eine Art piepsige Geräusche waren zu hören.

Wir durchquerten blitzartig das Zimmer und standen vor dem Corpus Delikti.

Wäre das Bild welches sich uns bot nicht so makaber gewesen, wäre es fast zum Lachen gewesen. Im Spülbecken zum Teil noch im Wasser, badeten vergnügt viele kleine, schwarze, fast putzige Tierchen. Solche haben wir auf unseren Reisen noch nicht gesehen, nicht in Deutschland und sogar nicht in Polen. Diese putzigen Kerlchen, wären sie nicht am planschen, könnten sie sogar fliegen. Sie hatten auch einem Namen, sie hießen Karkerlaken.

Das Wasser muss wohl der nette Hotelboy rein gelassen haben, kurz bevor wir kamen.

Unsere Betten standen in direkter Nähe, Vater Jan schickte die ungebetenen Gäste erneut auf eine lange, feuchte Reise durch den Abfluss.

Der Einladung an dieser Wanderung teilzunehmen sind leider nicht alle unserer

Besucher gefolgt, eine unruhige Nacht stand uns bevor.

Die drei polnischen Glückspilze sanken in ihre Betten.

Ich schlief in dem Einzelbett, es dauerte sehr lange bis ich schlafen konnte.

Ich traute mich nicht die Augen zu schließen, der Ekel vor den Karkerlaken zwang mich immer wieder dazu diese zu öffnen und die Wände Zentimeter für Zentimeter abzusuchen.

Durch das schäbige Fenster drang Licht der Reklame ein. Diese Stadt schläft bekanntlich nie.

Polizei und Krankenwagensirenen hörte man ununterbrochen.

Bis jetzt dachten wir Großstädter zu sein. Im Vergleich hierzu war Lodz (heute über eine Million Einwohner) ein friedliches, idyllisches Dorf.

Erst nach Stunden gewann die körperliche Erschöpfung überhand und wir schliefen alle ein.

Wo ist die gesuchte Pracht? Irgend etwas machten wir falsch.

Die Begrüßung der Stadt, die uns beim Anflug in einen Rausch versetzt hatte, fiel ins Wasser.

Was bedeutete schon eine Nacht?

Rom ist ja auch nicht an einem Tag erbaut worden. Ist es nicht an einem Tag abgebrannt?

Die polnischen Glückspilze beschlossen am
nächsten Morgen die peinliche Begrüßung der
Stadt New York schnellstens zu vergessen.

Mit frischem Elan starteten wir die Suche nach
unserem Traum.

Wir befanden uns in Brooklyn, wir suchten und
suchten und wenn wir, aus welchen Gründen
auch immer, nicht verstorben sind, suchen wir
noch heute.

Auf den kaputten Straßen, der Straßenbelag
entwickelte fast künstlerische Art von
Eigenleben.

Die Nacht bei der Ankunft, die holprige Fahrt im
Bus, alles fiel uns wieder ein.

Anstatt der erträumten Dollar lag auf den Straßen
überall haufenweise Müll, dazwischen ein paar
Obdachlose und Drogenabhängige.

Die Pracht und der Luxus wollten sich partout
nicht einstellen. Die gebratenen Tauben konnte
man wohl kaum mit den putzigen Tierchen aus
dem Hotel vergleichen?

Nach der zweiten näheren Begrüßung der Stadt New York waren die Glückspilze derartig überwältigt, sogar über die Rückkehr nach Polen dachten sie nach. Vielleicht, bestimmt sogar ins polnische Gefängnis.

Unser verzweifelter Weg führte uns zu diesem Auswanderungsbüro, welches uns diese Pracht ermöglicht hatte.

Ein großer, dürrer Mann um die fünfzig, machte die Tür auf.

Sein Anzug war genau so blaß, alt und müde, wie seine hinter einer Brille versteckten aufgequollenen Augen. Sie hatten einen toten, zombiehaften Ausdruck.

Der Mann hielt uns seine große, knochige Hand entgegen. Mein Blick fiel auf die langen Fingernägel. Sie waren dunkelgelb. Eine dicke, schwarze Dreckschicht verbarg sich darunter.

Falls er nun grinst wollte ich besonders auf seine beiden Eckzähne achten. Sollten sie verdächtig lang und spitz sein werde ich so schnell laufen wie ich kann.

Ich traute meinen Ohren nicht.

Dieser Vampir begrüßte uns auf polnisch, mit einem schrecklichen Akzent.

Nachdem wir die ekelerregende Hand geschüttelt hatten zeigte er ohne die Gesichtsmimik zu verändern mit einer militärischen Geste auf die freien Stühle vor ihm. Wir setzten uns.

Sein Name wäre Stichowski, sein Vorname John.
John meinte mit fünf Jahren nach New York
gekommen zu sein.
Er wäre kein Pole mehr. Trotzdem war er die
ganzen Jahre bemüht vielen armen kleinen Polen
das Glückspilzdasein zu ermöglichen. Es ist ein
Job wie jeder anderer, schließlich würde man ihn
ganz gut dafür bezahlen.
Nach dieser netter Begrüßung fragte John uns mit
welchem Anliegen wir zu ihm kämen.
Jetzt dachte ich, jetzt ist die Zeit gekommen ihm
den Kopf gehörig zu waschen.
Für die Zukunft sollte dieser Mann sich besser
einen anderen Job suchen, bevor er noch mehr
arme polnische Schlucker zu den Glückspilzen
macht.
Wie erhofft ergriff Vater Jan das Wort. Er fragte
nach den benötigten Einreisepapieren, nach einer
Wohnung, Arbeit usw.
Ich verstand die Welt nicht mehr, wollten wir
denn doch bleiben?
John lächelte mich an. Eiskalte Schauern rannten
mir den Rücken runter. Er bot uns ein Glas
Wasser an, der Behälter hing mit dem Verschluss
nach unten.
Es war eine dieser überdimensionalen, blauen
Plastikflaschen, diente gleichzeitig zur Zierde,
einen anderen Zimmerschmuck gab es nicht.

Die Wände waren kahl, ein feuchter modriger
Geruch hing in der Luft.
Das Wasser war kalt, muffig, schmeckte
abgestanden.
Das Gespräch, dauerte Ewigkeiten. Ohne John zu
fragen ging Margarete zum zweiten Mal zum
Wasserbehälter, schenkte sich gelangweilt ein
Schluck der Köstlichkeit ein.
Sie musste unwillkürlich hochgucken, John hörte
abrupt auf zu sprechen, sein Gesicht ohne
jeglichen menschlichen Ausdruck.
Er wandte sich in ihre Richtung.

Im Büro entstand eine unnatürliche Spannung.
Jan und Eva schauten auch in ihre Richtung, als
wenn sie etwas Verbotenes gemacht hätte.
Sie verharrte in Flagranti ertappt, jetzt, dachte sie
voller Panik, beisst er mich. Draußen dämmerte
es schon.
Ohne ein Wort zu sagen stand John auf.
Gut, er hätte bestimmt auch fliegen können.

Wo war sein schwarzes Gewand?.

Seine knochigen Glieder schimmerten durch den zerknitterten Anzug. Das Knirschen der Gelenke glich einer alten Holzpforte.

Er ging auf mich zu und nahm mir das Glas aus der Hand. John stellte es hin und meinte das Wasser würde Geld kosten, ich sollte gefälligst fragen wenn ich etwas trinken wolle.

Wortlos setzte er sich wieder an seinem Platz und wollte das nette Gespräch fortführen.

Jan und Eva sichtlich irritiert bedankten sich bei diesem John, nahmen ihre verstörte Tochter mit und verließen das Büro.

Ich bin mir heute noch nicht sicher, war John verrückt oder bin ich einfach zu frech gewesen, mir ein Glas Wasser zu nehmen?

Vielleicht war es doch ein anderes Wesen? .

- Realität und ein intelligentes Mädchen -

John der Vampir, gab uns die Informationen die wir brauchten.
Als erstes suchten wir eine Wohnung.
Mittlerweile haben wir uns schon fast an die putzigen Tierchen im Hotel gewöhnt.
Eine Bleibe auf Dauer war es nicht.
Während dem Flug lernten Jan und Eva einen anderen polnischen Glückspilz kennen.
Es war ein alleinstehender junger Mann, ich glaube Student, hieß Tadeusz.
Tadeusz sprach etwas englisch. Er überzeugte Jan und Eva davon das der gemeinsamer Anfang für alle leichter wäre.
Von da an waren wir nicht mehr unter uns.
Auf Schritt und Tritt war Tadeusz immer dabei.
Wir fanden eine große, möblierte Wohnung.
Tadeusz zog mit ein.
Er hatte zwar ein eigenes Zimmer, Badezimmer, Küche, sogar das Wohnzimmer teilten wir mit ihm.
Jan und Eva, fanden Arbeit in einer Putzkolonne, nachts wurde gearbeitet tagsüber schliefen sie.
Ich wurde tagsüber immer mit Tadeusz konfrontiert.

Ein junger Mann, ich schätze höchstens 25,
kämmte sich seine restlichen Haare von hinten
nach vorne, versuchte dadurch verzweifelt die
kahlen Stellen zu bedecken.
Tadeusz war von einer sehr dünnen Statur mit
einem Hohlkreuz und eingefallenen Schultern.
Seine Lieblingsbeschäftigung war Rauchen.
Berauscht von den vielen Kanälen verbrachte er
Stunden vor dem Fernseher, vergaß dabei alles
um sich.

Soviel zu Tadeusz. Es gab keine Bedenken das
Tadeusz mir in irgendeiner Art als Mann
gefährlich werden konnte.
Für Margagrete wurde es endlich Zeit an die
Schule zu denken.
Sie hatte in Polen die sechste Klasse so eben
beendet. In Deutschland brauchte sie als eines der
intelligenten Flüchtlingskinder gar nicht zur
Schule zu gehen.
Jan und Eva meldeten ihre Tochter auf einer

Privatschule an.

Es war eine amerikanische Schule für Einwanderer aus Polen.

Sie wurde von Nonnen geleitet, eine von ihnen sprach tatsächlich etwas polnisch.

Margarete hatte zum ersten Mal geschminkte Nonnen gesehen. In der Schule wurden Uniformen getragen, dies erinnerte sie an ihre polnische Schule.

Die Schule wurde von Jungen und Mädchen besucht.

Sie gewöhnte sich langsam an ihre neue Heimat. In der Schule kam sie immer besser mit lernte englisch und gewann neue Freunde, das Leben fing an sich zu normalisieren, langweilig zu werden, Gott sei Dank.

Die erholsame Langeweile sollte nicht von langer Dauer sein.

Die Schule war zwar Spitze, hatte nur einen Fehler, sie kostete Geld.

Jan und Eva, auf der Suche nach dem goldenen Westen, beschäftigt bei einer Putzkolonne, fiel der monatliche Obolus immer schwerer.

Unser lieber Mitbewohner Tadeusz war schließlich der Auslöser für ihre Entscheidung. Er überzeugte sie davon das es für ihre Tochter das Beste wäre auf eine richtige Schule zu gehen. Damit meinte dieser Knilch, eine Schule, die fürs Leben wichtig ist.

Eine Schule, die kein Geld kostete, eine öffentliche Schule.

Jeder der das große Glück empfand, auf eine amerikanische öffentliche Schule zu gehen, die sich auch noch in New York Stadtviertel Brooklyn befindet, bekommt meine Anteilnahme.

Margarete blieb nichts erspart. Jan und Eva meldeten sie von der fürs Leben nutzlosen Privatschule ab und schickten ihre Tochter auf die öffentliche.

Der Meinung von Tadeusz stimmten sie nur zu gerne zu.

In einem hatte Tadeusz wirklich Recht.

Diese Schule war wichtig fürs Leben, vor allem um es zu behalten.

Schlägereien, Messerstechereien, Drogengeschäfte spielten sich jeden Tag vor ihren Augen ab.

Ihre Klassenkameraden, die meisten gebürtige Amerikaner, auch Einwanderer, waren zum größten Teil Analphabeten.

Die Kinder der Ärmsten, der Versager, der Kriminellen und die leicht Zurückgebliebenen waren hier alle versammelt.

Die Lehrer durften nicht aufmucken, sonst mussten sie auch um ihr Leben bangen.

Die Motivation der Pädagogen war dementsprechend sehr hoch.

Das Schulniveau besonders anspruchsvoll,

entsprach der Begabung der Schüler.

Margarete hatte sich vorgenommen aus allen Schwierigkeiten rauszuhalten, es gelang ihr, sie wurde in Ruhe gelassen.

Freunde gab es nicht, es gab aber auch keine Feinde. Das war hier lebenswichtig.

Sieben lange Monate dauerte dieses Leben, ein neuer Schicksalsschlag, ein Wink mit dem Zaunpfahl zwang Jan und Eva zum Umdenken.

Es war Nachmittag. Mutter Eva arbeitete inzwischen in einer Wäscherei, Vater Jan war Hotelportier, nun freute er sich über die Trinkgelder der Gäste.

Als Margarete eines Tages von der Schule kam, passierte es.

Vom weiten schon sah sie einen Polizeiwagen vor ihrer Haustür stehen.

Ihre Wohnung befand sich zwar in Brooklyn, trotzdem relativ ruhig gelegen. Von der täglichen Kriminalität verschont.

Überrascht und neugierig kam sie dem Wagen näher. Ihr Vater Jan kam auch gerade von der Arbeit zurück, amüsiert über die Polizisten an der Tür fragte er seine Tochter ob sie etwas verbrochen hätte.

Jan scherzte das man sie gleich verhaften würde.

Als beide die Treppe zum Haus nahmen stieg ein Polizist aus und kam auf uns zu.

Unsere verwirrten Gesichter sahen ihn fragend an. Er wollte doch tatsächlich zu uns.

Mutter Eva!

Der Polizist wollte wissen ob wir Eva kennen! Natürlich kennen wir sie. Was ist passiert? Er sagte nur: „Sie ist krank, bitte kommen Sie mit uns, wir fahren Sie hin, aus Sicherheit" Wir stiegen in den Polizeiwagen ein.

Die zwei Polizisten brachten uns zum Krankenhaus.

Später erfuhr ich das die Polizei sofort die Angehörigen zum Krankenhaus brachte, damit die Kranken einen Art Schutz hatten.

Der unerlaubte Organhandel florierte schon damals.

So wie es private und öffentliche Schulen gibt, so gibt es auch öffentliche Krankenhäuser.

Für die arme Schicht der Bevölkerung, so arme Schlucker wie uns waren diese Versuchslabore gedacht.

In so einem Krankenhaus befanden wir uns.

Die Betten standen in den Durchgangsfluren, in einem davon lag Eva.

Blass, nervös und voller Angst erkannte sie uns, freute sich, nicht mehr alleine zu sein.

Sie ist auf der Arbeit zusammen geklappt und hatte starke Schmerzen in der Brust, Verdacht auf Herzinfarkt.

Sie erzählte uns das ein Arzt schon gefragt hätte
wie es ihr ging.
Tatsächlich, dachte ich ein Arzt hat schon
gefragt, welches Glück.
Eva musste noch warten bis sie richtig untersucht
würde. Ein Notfall hatte Vorrang.

Dieser Notfall war ein farbiger
Schwerverbrecher, (ich habe nichts gegen andere
Hautfarben, warum sollte ich nicht erwähnen das
er nun mal schwarz war) der bei einem, in
Amerika immer bewaffnetem Raubüberfall,
angeschossen wurde.
Leider nur angeschossen, dachte ich wütend.
Welche Welt war das? Ihre Mutter mit dem
Verdacht auf Herzinfarkt wurde auf dem Flur
geschoben, der Schwerverbrecher ging vor.
Paradoxer ging es nicht mehr.
Als Eva dann noch in ihrer Not meinte das dieses
Krankenhaus nichts kostet, war für Margarete
endgültig die Suche nach dem goldenen Amerika
abgeschlossen.

Nach einer Ewigkeit wurde Eva in ein
Behandlungszimmer geschoben.
Margarete durfte übersetzen.
Die Untersuchung bestand aus Abhören und
Fragen über Fragen, was für Fragen?
Was haben Sie heute gegessen?
Auf wie vielen Kopfkissen schlafen Sie?
Sind Sie erkältet?
Aua, aua, dachte Margarete und suchte den
Zusammenhang zwischen diesen absurden
Fragen und den Verdacht auf Herzinfarkt.
Mutter Eva bekam ein Röllchen Tabletten mit
und wurde abends entlassen. Es soll angeblich
eine Herzschwäche gewesen sein, durch einen
uns bekannten Arzt erfuhren wir später das es
einfache Schmerztabletten waren.
Ich war am Boden zerstört, dankte Gott das es
kein Herzinfarkt gewesen ist.

Der amerikanische Traum war ausgeträumt.
Eva erholte sich.
Jan und Eva, Margarete sowieso wollten zurück.
Wohin zurück?

- *Nur eine kurze Station* -

Der Pracht überdrüssig sehnten wir uns nach der
pedantischen Ordnung, der Ruhe im guten, alten
Deutschland, Old Germany.
Die Vorstellung der kleinen, sauberen Häuschen,
der lieben, netten Bürokratie, den freundlichen
überhaupt nicht neugierigen Einwohnern in
unserem kleinen Kurort fehlte uns so sehr.
Die vor Sauberkeit glänzenden Straßen, wollten
uns nicht mehr loslassen.

Tadeusz, unser alter Mitbewohner, bekannt für seine lebenswichtigen Ratschläge, gab uns einen seiner besten auf unseren neuen Weg mit.
Er behauptete das wir nach Bayern fahren sollten, nicht zu unserem Kurort in Westfalen.
In Bayern sollten wir uns melden, weiß der Teufel warum, dachte ich.
Wie so oft schon dankbar für den guten Ratschlag befolgten Jan und Eva diesen auch.
Unsere Reise ging weiter, die nur sprichwörtlichen Zelte wurden abgebrochen.
Die Ersparnisse für die nächste Wanderung wurden zusammengekratzt.
Zum zweiten Mal flogen wir, diesmal nicht mehr so spektakulär. Unser Ziel war München.
In München angekommen suchten wir einen Priester auf, seine Adresse hatten wir von Tadeusz bekommen.
Dieser freundlicher Mann besorgte uns eine kleine Wohnung in der Nähe von München.
Es war nur für den Übergang, bis wir unsere Papiere erledigt hatten.
Wir liefen von Behörde zur Behörde, erzählten unsere Geschichte. Niemand konnte oder wollte helfen. Wir waren der bayerischen Bürokratie unbekannt auch nicht sonderlich willkommen.
Als irgendwann bei einem dieser Behördengänge ein Beamter die Rückkehr nach Polen vorschlug wachten Jan und Eva ruckartig auf.

Der letzte, gutgemeinter Ratschlag von Tadeusz schien zum bösen Bumerang zu werden. Er schien immer gefährlichere Bahnen zu ziehen.

Jan und Eva wollten die Wucht nicht abwarten mit der er sie treffen könnte.

Amerika war nicht ganz so golden, es war aber frei.

Was haben wir denn schon von den U.S.A. gesehen, meinte Jan überraschend.

So ein riesiges Land, es ist doch nicht überall New York.

Um so mehr Jan nachdachte, um so mehr glaubte er das wir zu schnell aufgegeben hätten.

Wie der schreckliche Zufall will fiel Jan doch sein Cousin ein.

Der Onkel seiner Schwägerin, der Bruder der Großtante, der Schwippschwager der Nachbarin.

Dieser Wunderknabe lebte in Amerika.

Am anderen Ende zwar, dachte ich damals, direkt an der Grenze zu Kanada.

Zufälle gibt es doch nicht.

Das Schicksal nahm seinen Lauf.

Der Entschluss noch einmal im goldenen Westen dem Glück nachzujagen war gefasst.

Nach einem Monat behördlichen Irrgängen, den Wind des bösen Bumerangs schon im Nacken spürend, wurde der Cousin verständigt.

Wir kommen.

- Züge, Schiffe, Züge, Flugzeuge, Züge -

Diesmal hieß unser Endziel Cleveland, Ohio.
Am Eriesee gelegen trennt dieser See die U.S.A.
von Kanada.
Alleine diese Vorstellung seinem zweiten
Traumland so nah zu sein bedeutete für Jan die

genüßliche Bestätigung das er seine Träume doch
noch verwirklichen würde.
Vermutlich aus Kostengründen sollte unsere
Reise nicht direkt von München nach Cleveland
gehen. Wir nahmen Station für Station.
Mit dem Zug ging es los, von Deutschland über
Belgien mit dem Fahrtziel England, London.
Nach London, England ist ja nun mal eine Insel,
über Dover mit der Fähre.

In London angekommen stellte sich heraus das
wir Wartezeit in Kauf nehmen müssen.
Der nächste freie Flug nach New York mit der
günstigsten Fluglinie von Jan ausgesucht, wäre
erst in zwei Tagen.
In einer kleinen Pension, mieteten wir Zimmer
mit Frühstück.
Das Frühstück, Eier mit Schinken, die Stadt
London sich anzusehen, war für mich eine
willkommene und seltene Abwechslung.

In den vielen Reisen die sie bis jetzt gemacht haben gab es selten Zeit für eine derartig nutzlose Beschäftigung.

Bei Jan und Eva musste alles einen Sinn und Zweck haben. Heute ertappe ich mich bei der gleichen Gedankenweise.

Es grenzte schon an ein kleines Wunder sich in New York die Freiheitsstatue anzusehen.

Viel mehr wie die Liberty, den Broadway und die Fünfte Avenue hatte Margarete in New York und Umgebung nicht gesehen.

Die Niagarafälle waren so nah, zu weit für Jan und Eva.

Um so mehr genoss sie diese zwei Tage.

Auf dem Londoner Bahnhof, Victoria Station, ergatterte sie Schallplatten zu Schnäppchenpreisen von Elvis Presley, die hat sie heute noch.

Die Verkäufer lachten sie aus amüsierten sich eindeutig über sie, das kostete Margarete nur ein müdes Lächeln.

Sie kaufte alle Elvis Platten, als sie die englischen Jungs mit feinstem amerikanischen Akzent fragte ob sie nach Umsatz bezahlt werden lachten diese nicht mehr.

Wer zu letzt lacht, lacht am besten. !

Nach den zwei Tagen Wartezeit flogen wir zum dritten Mal mit einem Flugzeug.

Bekannte Richtung, New York, diesmal nur als
Zwischenstation vorgesehen.

Es war gut das wir nicht zum ersten Mal flogen.
Die überhebliche Selbstsicherheit, nicht eine
Spur von Flugangst, wir waren schon Flugprofis,
hatte geholfen diesen Flug zu überstehen.
Die Maschine machte einem sehr erfahrenen
Eindruck.
Speziell das Alter des Flugzeuges schaffte
ungeheures Vertrauen.
Die Sitze fielen schon fast auseinander. Die
Anschnallgurte waren zum Teil defekt.
Sogar die Tüten für das rückwärts gegessene
(primitiv auch Kotztüten genannt) fehlten.
Ob dieses Flugzeug schon im Krieg geflogen ist,
dachte ich.
Falls ja, in welchem?
Das Klappern der Ausrüstung wurde nur noch
von dem der Stewardessen übertroffen.

Ihre Zähne klapperten, nicht vor Kälte, Angst
erschien wahrscheinlicher.

Jan, Margarete, erstaunlicherweise auch Mutter
Eva behielten die Ruhe. Gelassen sogar sichtlich
belustigt verfolgten sie das rege, nervöse Treiben
der Bordbesatzung.

Beim Anflug auf New York, diesmal wurde kein
Blick und Gedanke an die vielen Lichter
verschwendet, bäumte sich die Maschine noch
einmal auf.

Die ganze Kraft wurde mobilisiert, die letzten
Reserven wurden aufgebracht um die Landung zu
schaffen.

Mit einem knirschenden Geräusch landete sie
schließlich gänzlich erschöpft.

Ohne auseinander zu fallen, ohne die Notrutschen
ausfahren zu müssen ließ sie die vor Angst
gelähmten Insassen zu aller Erstaunen noch
einmal heile und an einem Stück davon ziehen.

Es war gut das wir nicht zum ersten Mal geflogen
sind, dachte ich.

Nun nahmen wir den Zug mit unserer neuen
Endstation Cleveland.

Die Zugfahrt ging erst abends los. Überhaupt
nicht neugierig auf New York verbrachten wir die
Wartezeit auf dem Bahnhof.

Ziemlich erschöpft stiegen wir endlich in den Zug
ein. Wir hatten normale Sitzplätze genommen.

Für einen Schlafwagen etwas mehr Geld
auszugeben wäre für Jan Verschwendung
gewesen. An einen derartigen total übertriebenen
Luxus hätte er nie gedacht. Das Günstigste war
für uns gut genug,
Bescheidenheit ist eine Tugend.
Der Schaffner, ein alter Mann mit weißen Haaren
wies uns die Plätze zu.
Jan zeigte ihm die Fahrkarten.
Wir sanken müde in unsere Sitze und hofften auf
ein bisschen Ruhe.
Der Zug, Amtrack genannt, setzte sich wie ein
alter Gaul in Bewegung.
Der Schaffner, ein ganz höflicher und
fürsorglicher Mensch kam nach jeder Station. Er
ließ sich die Fahrkarten vorzeigen und erkundigte
sich nach unserem Befinden.
Der Zug hielt in Abständen von etwa einer halben
Stunde. Nach jedem Halt kam wieder der nette,
um unser Befinden bedachter Mann und ließ sich
erneut die Fahrtkarten vorzeigen.
Da wir nachts reisten war seine Fürsorge
besonders angenehm.
Jan verstand die Welt nicht mehr, an Schlafen
war nicht zu denken. Margarete erinnerte dieser
Mann an den schlampigen Hotelboy der auch so
freundlich zu uns gewesen ist.
Es wäre Jan, einem echten Polen, nie in den Sinn
gekommen ein Trinkgeld zu geben ohne

ersichtliche Leistung nur um in Ruhe gelassen zu werden.

Die Unverschämtheit mancher amerikanischen Dienstleistenden was das zweckentfremdete Wort „Trinkgeld" angeht, regt mich heute noch auf.

Gibt man nicht ein Trinkgeld um die gute Leistung zu belohnen?

Mit welchem Recht verlangten Menschen die nur durch ihre bloße Anwesenheit glänzten eine derartige Anerkennung?

Als die Fahrt endlich zu Ende ging, mit einer zweistündigen Verspätung, krochen wir hundemüde in unsere neue unbekannte Zukunft.

Jan bestellte ein Taxi, bis dahin ein für mich nur vom Sehen bekanntes Mittel zur Fortbewegung. So einen Luxus hatte ich bis jetzt noch nicht gekannt.

Jan zeigte dem Taxifahrer die Adresse seines Cousins, wir fuhren los.

Es war Winter, die kleinen Häuser an denen wir vorbeifuhren wirkten wie im Märchen.

Tief mit Schnee bedeckt funkelten sie wie Eisglitzern. Sollten wir vielleicht doch Glück haben?

In einem kleinen Vorort vor einem dieser
schneebedeckten Knusperhäuschen hielt das Taxi
an.
Der Taxifahrer stieg aus dem Wagen half uns bei
dem Gepäck. Es geschahen doch Zeichen und
Wunder, dachte Margarete, als sie sah das ihr
Vater dem Fahrer ein dickes Trinkgeld gab.
Jan, Eva und Margarete nachdem sie sich in
Position gebracht hatten, schellten an.
Die Tür ging auf und ein alter, kleinwüchsiger
Mann stand vor uns.
Das soll der Cousin sein, ich schätzte ihn auf gute
siebzig.
Der alte Mann lachte. Er hatte oben ganze zwei,
unten einen einzigen Zahn stehen.
Nach der Begrüßung führte Willy uns in sein
Haus. Seine ebenfalls kleine, rundliche Frau kam
uns entgegen.
Sie hatte ein lustiges, kleines Gesicht kurze,
schwarze Haare, sah aus wie ein Mohnköpfchen.

Ihre Augen funkelten wie zwei goldene Knöpfe passten jedoch zu ihrem Gesicht.

Die beiden alten Leutchen, sie leben heute bestimmt nicht mehr, freuten sich über unser Kommen.

Nach einem gemeinsamen Essen und einem kurzen Gespräch, sagte Willy er hätte eine Wohnung direkt nebenan im Hause seines Nachbarn besorgt.

Diese wollte er uns jetzt zeigen.

Alle vier, sehr gespannt gingen wir zu Willys Nachbarn zu unserem neuen Vermieter.

Unsere neue Wohnung bestand diesmal aus drei Zimmern, Küche, Bad, alles vollmöbliert. Die Miete war nicht zu hoch.

Langsam gefiel es uns, der herzlicher Empfang, die Fürsorge der Menschen, Margarete und ihre Eltern waren am Ziel.

Jan und Eva fanden wieder eine unterbezahlte Arbeit. Sie wurde direkt auf eine öffentliche Schule geschickt.

Die Stadt Cleveland war zwar auch eine Großstadt, wir wohnten in einem ruhigen Vorort.

Es vergingen acht ziemlich normale Monate, die Schule war für Margarete wieder kein Zuckerschlecken, sie kämpfte sich durch.

Mittlerweile konnte sie perfekt englisch und hatte eine Freundin, Ann Marie danke das es dich gegeben hat.

Jan und Eva jedoch schienen nicht sehr glücklich zu sein. Sie kamen nicht weiter.

Im Land der Tausend Möglichkeiten gibt es beim Einwohneramt keine Meldepflicht, eine Krankenversicherung ist freiwillig. Die Freiheit ist grenzenlos, nur es gibt auch keine großartige Hilfe falls man darauf angewiesen ist.

Ihre Arbeit erfüllte sie nicht, eine fremde Sprache zu erlernen fiel ihnen sehr schwer.

Sie nahmen schriftlichen Kontakt mit Deutschland auf.

Sie hatten Heimweh nach der deutschen Ordnung.

Ohne das Margarete wusste was auf sie
zukommen wird, erkundigten sich ihre Eltern ob
sie nach Deutschland zurückkehren könnten.
Als sie eines Tages ein kleines Päckchen mit aus
der Schule brachte, sie hatte es vergessen zu
öffnen, rief dieses kleine Päckchen eine große
Empörung bei Jan aus.
Jan hatte es geöffnet und ein harmloser Kondom
kam zum Vorschein.
Unfassbar, schrie Jan mit einem hochroten Kopf,
wie konnten die Lehrer einem 14 jährigen
Mädchen Geschlechtsverkehr zutrauen.
Zu diesem Zeitpunkt wurden die Kinder noch von
Störchen gebracht. Jan hätte Margarete am
liebsten für immer in diesem Glauben gelassen.
Margarete verstand die ganze Aufregung nicht,
sie hatte in sexueller Hinsicht noch keine

Erfahrung, aber war es denn nicht wichtig sich rechtzeitig zu schützen?

Die ersten Fernsehbilder über den Schutz vor Aids liefen zögernd.

Da Jan und Eva wieder nachts arbeiteten und tagsüber schliefen bekamen sie nicht besonders viel mit.

Das Fernsehen in Amerika war damals schon so prächtig wie heute in Deutschland.

Die Deutschen äffen den Amerikanern auch fast alles nach.

Durch zu viel blinde Liebe zu Amerika verunglimpfen sie ihre schöne Sprache, bringen immer mehr englische Begriffe in den Wortschatz ein. Unser Hauptbahnhof heißt seit ein paar Monaten **„Servicestore",** das in einem englisch sprechenden Land das Schild mit dem Namen „Hauptbahnhof" angebracht wird, müsste jedem als sehr unwahrscheinlich erscheinen.

Unser Bekannter, ein Engländer, schüttelt bei solchen Begriffen ungläubig den Kopf. Seine Antwort dazu lautet „sick", das heißt krank, ich stimme ihm voll zu. Ein Ausländer der nach Deutschland kommt sollte zu einem Deutschkurs sofort einen Englischkurs belegen.

Die alte Generation der Bevölkerung tut mir in diesem Lande leid. Fast jede Sendung ist mit englischen Begriffen gespickt, erschreckend ist die Sprache der jungen Leute.

Etwas positives findet man an einem Zustand
immer, eine lange Suche und die richtige
Sichtweise entscheiden. Es ist doch gut das
immer mehr englische Begriffe die deutsche
Sprache bereichern.
In dieser Sprache ist wenigstens die
Rechtschreibung eindeutig.

Dank der millionenteuren, überflüssigen
Rechtschreibreform zweifelt besonders meine
Gruftigeneration an der richtigen Schreibweise.
Mein Ehemann, der über vierzig schon der
Kompostigeneration angehört, würde sagen das
diese Reform flüssiger als Wasser ist, nämlich
überflüssig, gut das er als gebürtiger (gebbürtiger
– die neue Schreibweise) Sauerländer auch so
denkt. In diesem Zusammenhang sollten die

Politiker überlegen ob englisch nicht als offizielle
Landessprache eingeführt werden könnte.
Konsequent weitergedacht könnte Deutschland
sich dem Britischem Königreich anschließen,
dadurch würden wir noch im letzten Moment
den Kopf aus der Eurowährungsguillotine
(ein herrliches Wort) ziehen.
Wie gesagt die richtige Sichtweise ist alles. Mir
läuft es eiskalt über den Rücken, wenn ein
Franz Beckenbauer, ein bayerisches Original von
„Taskforce" spricht. Hier musste ich im
Wörterbuch nachsehen, es heißt „gemischter
Kampfverband für Sonderunternehmen", dieser
Begriff wurde bei der Fußballkrise um den
bekifften beinahe Bundestrainer Daum
missbraucht.
Franzl, jo is denn heut scho Weihnachten?
Das Werbefernsehen ist mittlerweile besser und
teurer als die Sendungen, die sonst laufen.
Eine Talkshow jagt die andere, momentan
übertreffen sich die Quizsendungen, und
„Big Brother" ist auf dem Vormarsch.
Ganztags und nachts eingesperrt in einem
Wohncontainer werden aus unbekannten
Kreaturen, begafft von der Bevölkerung,
„Stars" gemacht.
Das ist der goldene Westen, so einfach kann jeder
heute Millionär werden, der Charakter, die

Persönlichkeit, Moral und Leistung sind Nebensache.
Die Werbeunterbrechungen stören nicht mehr.
Hunger, Durst und die Verdauung können auf sie nicht mehr verzichten.

Danke Amerika!

Im Jahre 1978 im Sommer war es dann endgültig
so weit.
Wir verließen für immer die Vereinigten Staaten
von Amerika, niemals zurückkehrend.
Heute denke ich das es falsch gewesen ist.
Unser Irrtum waren die Großstädte.
Ich möchte hier in Deutschland auch nicht in
Berlin oder Frankfurt leben. Als kleiner
Hilfsarbeiter kann man sich gerade in der
Großstadt keine bessere Wohngegend leisten.
Es ist überall schwierig richtig Fuß zu fassen,
gerade in einem fremden Land ohne die
Landessprache und Gebräuche zu kennen.
Diese Flexibilität fehlte Jan und Eva, Margarete
hätte es vermutlich in ihren jungen Jahren
geschafft.
Trotzdem ist diese Zeit eine wahnsinnige
Erinnerung die mich nie loslassen wird.
Wenn ich heute im Fernsehen die Stadt New
York sehe, ihre Lichter, die Wolkenkratzer die

überwältigende Größe, fasziniert sie mich immer wieder aufs Neue.

Die schöne Erinnerung an New York verbinde ich mit dem Einkaufen.

Nachts beim Asiaten tagsüber bei einem jüdischen Gemüsehändler machte immer sehr viel Spaß und bildete die Grundlage der Toleranz die ich heute gegenüber allen Menschen empfinde, egal welcher Hautfarbe oder Nationalität. Nur der Mensch ist wichtig für mich. Mögen oder nicht Mögen hängt nicht vor der Herkunft ab.

Noch ein Wort zu der schlimmen Kriminalität in New York, den brutalen Alltag.

Die Statistiken geben nur eine besondere Sichtweise bekannt, die Relativität nicht die Realität steht im Vordergrund.

Eva und Margarete, zwei Spezies des schwachen Geschlechts sind ohne männlichen Schutz, sogar unbewaffnet, auch noch nachts einkaufen gegangen.

Sie sind nicht überfallen, beraubt oder vergewaltigt worden, sie haben so etwas auch nicht gesehen.

Vielleicht haben sie einfach nur Glück gehabt? Das kann sein.

Wahrscheinlicher ist die Tatsache wenn der gesunde Menschenverstand funktioniert kann jeder sogar in New York nicht nur überleben sondern auch leben, und das nicht nur in den reichsten Stadtteilen.

Gleichzeitig erscheint es wie ein Märchen dort gelebt zu haben, nicht nur zwei Wochen als Tourist dort gewesen zu sein.

Ich sehe die glänzenden Augen meines Sohnes, wenn ich ihm davon erzähle.

Diese Erfahrung möchte ich nie missen.

Margarete drückte ihre Zigarette aus, nahm ihren Haarreifen vom Kopf, schüttelte ihre Haare durch, mittlerweile waren sie in der Sonne trocken geworden.

Die Musik von Marlene lief immer noch, sie hatte die CD auf Wiederholung gestellt.

Der Kanarienvogel saß friedlich in seinem Käfig, zwitscherte vor sich hin.

In Ruhe über ihre Kindheit nachzudenken, hatte ihr richtig gut getan.

Als sie hörte das ihr Mann aufgestanden ist räumte sie ihren Aschenbecher weg, die Sonne verabschiedete sich mit den letzten warmen Strahlen.

Sie ging ins Wohnzimmer und schloss die Terrassentür hinter sich zu.

Sie wollte das Buch der Erinnerungen schließen.

Ein jedes Ende hatte einen neuen Anfang.

Dieses Ende wollte sich noch nicht einstellen.

Sie hatte sich das Ganze zu leicht gemacht, ihre Erinnerungen waren mit der Rückkehr noch lange nicht abgeschlossen.

In zwei Monaten sollte sie 37 werden, wir schrieben das Jahr 2000, das in der letzten Zeit tausendfach gehörte und gelesene Wort Millenium, das Milleniumjahr.

Bis vor zwei Jahren den meisten Menschen unbekanntes Wort, der gefürchtete Weltuntergang ist uns erspart geblieben.

Sie hatte ein Puzzle aus Tausend Teilen nur zum Bruchteil fertig. Die Kleinigkeiten machten das Leben doch aus.

In ihrem Kopf setzten sich diese Teilchen immer mehr zusammen, wie von einem Magneten

angezogen wollten sie zum Ganzen
zusammenfließen.

Unaufhaltsam bewegten sie sich zum
Mittelpunkt, zum heutigen Tage.

- Der Neuanfang -

In Deutschland in unserem schönen Kurort
konnten wir aufatmen.
Wir hatten endlich den Hauch einer Zukunft, die
Hoffnung auf ein normales Leben.
Die Unruhen in Polen, der Ausnahmezustand, die
Gewerkschaft „Solidarität" wurde mit harten
Bandagen ins Leben gerufen. Die polnischen
Menschen die nicht der Meinung der Regierung
waren mussten wirklich um ihr Leben bangen.
Jetzt wurde uns die Rückkehr nach Polen über die
damalige D.D.R nicht mehr angeboten. Endlich
wurden wir anerkannt, durften bleiben.
Jan und Eva bekamen sofort Arbeit, den trotz der
Vorurteile gegen Polen, faul sind sie nie gewesen.
Wir mieteten eine schöne Wohnung an.
Sie bestand diesmal aus drei Zimmern, Küche,
Bad, hatte ein Balkon und sogar Heizung.
Heute ist es nichts besonders damals war es
Luxus pur.
Margarete hatte endlich ein eigenes Zimmer.
Die Schule wurde am Anfang zum Problem.
Nach der sechsten Klasse in Polen und nach den
vielen Weltreisen, den lehrreichen,
amerikanischen Schulen, war ich jedenfalls im
Alter für die neunte Klasse, vom Wissen auch?
Das kleine Problem betraf meine
Sprachkenntnisse. Mein polnisch war perfekt,

mein englisch auch, mit der deutschen Sprache haperte es gewaltig.

Die ersten Monate wurde ich doch tatsächlich direkt in eine deutsche Hauptschule der Klasse neun gesteckt, mein letztes amerikanisches Zeugnis war aus der achten.

Als unwahrscheinlich interessante Person, die Schulkollegen wussten das ich aus Amerika kam, hatte ich sofort sehr viele Freunde und Freundinnen. Diese kramten ihr bis dahin gelerntes englisch raus, wollten mir unbedingt imponieren, sie freuten sich mich als Freundin zu haben. Das alte, für sie unbekannte Bild von Amerika faszinierte sie.

Speziell die Stadt New York brachte Glanz in ihre Augen. Nach einer gewissen Zeit waren sie total enttäuscht, wandten sich von mir ab. Sie hatten festgestellt das ich ein ganz normales Mädchen bin, das war nicht mehr so interessant.

Sie haben eine ausgeflippte Amerikanerin erwartet, eine schüchterne, brave Polin kam zum Vorschein. Einzelkinder sind in dieser Beziehung sehr robust, es gab nie einen großen Bruder oder eine ältere Schwester, die sie beschützt hätte, vorausgesetzt sie sind nicht übermäßig verwöhnt worden.

Sie werden schneller mit ihren Enttäuschungen und Problemen fertig, sie müssen schneller damit fertig werden.

Auf falsche Freunde konnte ich verzichten, so blieb mir zum Schluss eine ganz gute Freundin, mit der hatte ich später noch jahrelang Kontakt.

Ein ganz anderes Problem, bedeutete der Unterricht, es gab nicht nur englisch in dieser Schule, alles andere verstand ich nicht.

Durch die vielen Unruhen in Polen kamen immer mehr Menschen nach Deutschland.

Die Welle der Auswanderer aus verschiedenen Ländern rollte auch langsam an.

Es gab bei uns in der Nähe eine Internatsschule für die Kinder dieser Menschen.

Die Stadt war eine schöne westfälische Stadt.

Das Venedig Westfalens genannt, lag nur ein paar Kilometer von uns entfernt.

Ich war wahnsinnig aufgeregt, als wir mit dem Zug dahinfuhren.

Vater Jan hatte noch keinen Führerschein, den machte er gerade.

Am Bahnhof angekommen, erkundigten wir uns nach dem Weg, wir liefen zu Fuß durch die Straßen, im Gegensatz zu der familiären Atmosphäre in unserem Wohnort, wir wohnten immer noch in dem kleinen Kurort, waren wir hier unbekannt.

Viel ungezwungener, freier gingen wir durch die Einkaufstraßen, nach langer Zeit sahen wir auch wieder größere Geschäfte, Boutiquen, Cafés und Kneipen.

Die kleine Stadt entlang der westfälischen Lippe pulsierte mit Leben.

Viele junge Menschen waren unterwegs, bei uns gab es hauptsächlich Senioren, Kurgäste eben.

Wir mussten in den Norden der Stadt, am Theater, am Hallenbad sogar an einer Diskothek gingen wir vorbei.

Überall sahen wir kleine Brücken, wie Regenbögen streckten sie sich malerisch über den Fluss.

Es war Liebe auf den ersten Blick, Margarete und ihre Eltern schlossen diese lebendige mit europäischem Flair, nicht zu kleine und nicht zu große Stadt, in ihr Herz.

Das Internat, lag etwas außerhalb vom Zentrum, nah an den Sportplätzen, war ein helles Gebäude.

Es sah aus wie eine große Villa, mit einem Garten und einer Sonnenterrasse.

Ein Schild mit einem Namen war über der Tür angebracht, das Haus hieß „Hildergardisheim".

Welches Glück, dachte Margarete, sollte zum ersten Mal mit ihrer Vermutung Recht behalten.

Die wieder Mal notwendige, mittlerweile auch nicht mehr lästige Bürokratie, die Formalitäten sind vorher schon erledigt worden.

Ordnung muss sein.

Nachdem sie die Heimleiterin kennen gelernt hatten, sich das Zimmer ihrer Tochter ansehen durften, verabschiedeten sich Jan und Eva bei ihr.

Margarete stand ein Jahr bevor, ein Jahr im Internat.

Vermutlich denken jetzt manche, das arme Mädchen, nein, nein, das Mädchen war überglücklich. Jan war ein guter Vater, aber auch ein sehr strenger, viele Freiheiten hatte Margarete zu Hause nicht.

Die Heimleiterin, eine kleine, freundliche Frau etwa in meinem heutigen Alter, sie ging an die vierzig, sprach perfekt englisch.

Sie erzählte mir später, einige Jahre in Afrika verbracht zu haben, außerdem wollte sie noch irgendwann in London studieren.

Damals habe ich sie ein bisschen belächelt, wie konnte eine fast vierzig jährige Frau noch studieren wollen, war sie nicht schon zu alt dazu, dachte ich?

Heute gehe ich selber auf die vierzig zu, trotzdem oder gerade deswegen würde ich mir jetzt ein Studium zutrauen, mein Traum war immer Jura.

Diese kleine Frau gefiel mir, sie vermittelte uns im Laufe dieses eines Jahres viele neue Sichtweisen, durch ihre Art wurde ich stark geprägt.

Sie brachte uns Yoga, Autogenes Training, Holz und Seidenmalerei und vieles mehr bei.

Ihr Wissen und ihre Art waren beneidenswert.

Das Haus, ein reines Mädcheninternat, die meisten aus Polen, eine einzige aus Russland.

Sie wohnten in allen Ecken Deutschlands, sogar
aus damals noch nicht freien Berlin kam eine.
Am Wochenende durften wir nach Hause,
diejenigen, die keine lange Reise hatten, machten
das auch öfters.
Zwischendurch blieben wir alle im Internat und
verbrachten die freie Zeit gemeinsam.

Sogar Diskobesuche waren erlaubt.

- Der Duft der Freiheit -

Samstags ging es los.

Zusammen mit einer ganzen Horde Mädchen aus dem Internat sollte es in die nah gelegene Diskothek gehen.

Isa, eigentlich Isabella, die Berlinerin, Margarete, die Amerikanerin, wie sie genannt wurde, mit noch ein paar anderen hatten erlaubten Ausgang.

Die Diskothek hatte für Margarete etwas besonderes an sich.

Jan und Eva hätten gesagt, unmöglich, verrucht, Spelunke.

Diese Spelunke war verraucht, fast neblig, voller neugieriger Männergesichter.

Einer der Männer, kein Deutscher mit pechschwarzem Haar, einen kleinen Schnauzbart, beobachtete Margarete die ganze Zeit.

Ich muss dazu sagen, mit sechzehn Jahren, 172 cm und ca. 70 KG schwer, einer sehr weiblichen Figur, langen dunklen Haaren, nicht hässlich gewesen zu sein, Eigenlob stinkt.

Dieser Mann ließ den Blick nicht von mir.

Er sah gut aus, machte einen geheimnisvollen und aufregenden Eindruck auf mich.

„ Wie heißt du?" hörte ich hinter mir eine männliche Stimme.

Ich drehte mich um, vor mir stand einer Art
junger Omar Sharif, hielt mir eine Cola entgegen.
Seine schwarzen Augen blitzten feurig.
Ich sah ihn an und bevor ich antworten konnte,
sagte er.
„ Ich heiße Mohammed"
„ Ich heiße Margarete" hörte ich meine nervöse
Stimme.
Mohammed drückte mir die Cola in die Hand,
zeigte wie selbstverständlich auf einen Sitzplatz,
wir setzten uns hin.
Meine Freundin Isa war in Begleitung des
Freundes von Mohammed, der hieß
komischerweise Johnny, setzten sich auch zu uns.
Die beiden orientalischen Männer erzählten das
sie Studenten sind und aus dem Irak stammen.
Margarete hatte ein seltsam, mulmiges Gefühl.
Mohammed war 28 Jahre alt, damals fand ich ihn
alt.
„Wie alt bist du?"
Sie sagte ihm das sie sechzehn ist, als er darauf
meinte das die Ehemänner im Irak meistens viel
älter sind als ihre Frauen wurde ihr noch viel
mulmiger.
Mit einem in der Disko eine Cola zu trinken, ist
eine Sache, ihn zu heiraten eine andere.
Hoffentlich will er mich nicht gleich heiraten?
dachte sie.

Viel von dem Leben in einem orientalischen Land hat sie bis dahin nicht gewusst, besonders neugierig war sie nicht darauf.

Die schwangere, dunkelhäutige Frau im Flüchtlingslager fiel ihr wieder ein.

Die Art, wie diese den Raum sauber gemacht hatte, die Unwissenheit der einfachsten Sachen, das Hähnchen samt Folie zu kochen, die bunten Kleider dieser jungen Frau und das immer getragene Kopftuch, passten so gar nicht zu ihrem gewohnten Leben.

Es wurde langsam Zeit zu gehen, um 22.00 Uhr mussten wir alle im Internat sein.

Mohammed und Johnny blieben höflich, erkundigten sich wo dieses Haus ist.

Kurz danach verließen wir die Disko, Richtung Internat.

Die beiden irakischen Studenten blieben noch.

Nach der abendlichen Kontrolle durch die Heimleiterin, Isa und Margarete hatten ein gemeinsames Zimmer in der ersten Etage, wurde immer noch etwas getratscht.

Gegen Mitternacht lagen wir noch wach und unterhielten uns.

Ein seltsames Geräusch an unserem Fenster unterbrach unser Gespräch.

Wir hörten abrupt auf, lauschten gespannt.

Das Geräusch wiederholte sich.

Es hörte sich an, als wenn jemand eine alte
Holztreppe betreten würde.

Margarete und Isa standen auf, gingen zum
Fenster.

Es war Sommer, das Fenster war nicht ganz
geschlossen in dem Moment ging es auch auf.

Am Haus auf einer alten Holzleiter, einer von
unseren Diskobekannten, mit einem
Blumenstrauß.

Die Blumen waren aus unserem Vorgarten.

Margarete wusste nicht ob sie lachen oder
schreien soll.

Isa nahm eine Kampfstellung an, lauerte wie eine
Katze, ihr Körper war angespannt.

Mohammed war zu erst oben, gefolgt von
Johnny.

Die beiden haben sich in uns so verliebt, sie
wollten uns heiraten und in den Irak mitnehmen.

Kaum hatte Mohammed dieses ausgesprochen,
konnte ich nicht mehr, mein Lachen durchbrach
die Nachtstille.

Wir standen in unseren Nachhemden den beiden
Männern gegenüber und kriegten uns vor Lachen
nicht ein.

Unsere Romeos versuchten vergeblich mit
Händen und Füßen uns davon abzubringen mit
dem umgekehrten Erfolg.

Als sie im Flur andere Stimmen hörten, ergriffen sie die Flucht, die alte Holzleiter, sogar die Blumen nahmen sie mit.

Mohammed habe ich nie wieder gesehen.

Nächsten Tag hatten meine Bauchmuskeln fürchterlichen Kater vom Lachen und unsere Heimleiterin schimpfte auf die Blumendiebe, den nächtlichen Besuch hatte sie versäumt.

Weitere Wochenenden verbrachte ich zu Hause, obwohl heute bereue ich es, die Zeit war schön.

Margarete, da sie ein intelligentes Mädchen war, absolvierte die neunte Klasse mit Bravour, sogar mit der benötigten Qualifikation für die zehnte Klasse.

Wenn man überlegt das ihr eigentlich zwei Schuljahre fehlten, das Niveau der öffentlichen Schulen der Amerikaner nicht mitgerechnet, war es keine schlechte Leistung.

In der ihr so liebgewonnen Stadt an der Lippe, konnte sie die zehnte Klasse nicht machen, sie musste in eine andere Stadt wechseln, auch in ein Internat, das war auch gut so.

Zu Hause, auch wenn sie nur am Wochenende dar war, verstand sie sich immer weniger mit Jan.

Zwischen den Beiden gab es ständig Meinungsverschiedenheiten.

Das kleine Mädchen war nicht mehr so klein, sie war selbständiger als je zuvor.

Jan, ein sehr autoritärer Mensch, duldete keine
Widerworte, schon gar nicht von einer sechzehn
Jahre alten Göre.
Margarete war froh darüber als sie in einer
anderen Stadt, der Universitätsstadt Westfalens
einen Platz für das nächste Schuljahr fand.
Die Formalitäten hatte sie diesmal komplett
selbständig erledigt. Jan und Eva brauchten nur
zustimmen, das taten sie auch.
Die alte Stadt in Westfalen, auch eine schöne
Stadt, gefiel Margarete zwar auch mit klein
Venedig war sie nicht zu vergleichen.
Das Internatsgebäude, eine Art Hochhaus auf
Stelzen, so sah es vom Weiten aus, steht heute
noch direkt neben den Unikliniken.
Isabella kam nicht mit, sie machte die zehnte
Klasse in Berlin, der Weg war auf Dauer zu
weit.
Sie war ein kleiner Wirbelwind, immer lustig
und gut drauf, sie machte Karate und Judo.
Die Kampfstellung die sie bei dem nächtlichen
Besuch unserer Diskobekannten einnahm
rührte aus dieser Sportarten.
Diese Kunst zu beherrschen ist an sich nicht
schlecht aber gerade in Berlin kann
Selbstverteidigung vom besonderem Vorteil sein.
Irina die einzige Russin war auch mit von der
Partie.
Sie wurde meine Freundin, groß, fast 180 cm,

schlank mit pechschwarzen Haaren und sehr
langen Wimpern, dicht gewachsene
Augenbrauen die sie mühsam zu recht zupfte.
Ich habe sie sehr gern gehabt.
Von ihrer Mutter hatte sie leichte, asiatische Züge
geerbt.
Ihre Heimat war an der chinesisch, russischen
Grenze.
Sie war Halbjüdin, ihr Vater war jüdischer
Abstammung, er gab ihr die Schuld für den
Tod der Mutter bei ihrer Geburt.
Das Mädchen hatte noch eine ältere Schwester,
die mit ihrer Familie in Russland geblieben ist.
Irina war bis auf ihren alten, mürrischen Vater,
alleine.
Ihre Haut war sehr hell, sie sah aus wie aus
Porzellan, genauso verletzlich und zerbrechlich.
Die Zähne waren sehr groß, schimmerten wie
Elfenbein.
Wenn sie lachte konnte man ein kleines
Grübchen in ihrem Kinn sehen, leider viel zu
selten.

- Die Schulden -

Irina hatte einen Freund.
Alex, hieß er, kam aus der besseren Schicht der
Bevölkerung, aus der deutschen Bevölkerung.
Er holte sie immer mit einem großen Schlitten
ab, einen Cabrio.
Alex brachte Geschenke mit, rote Rosen auch
mal Orchideen.
Stolz und glücklich war Irina.
Margarete freute sich für ihre Freundin.
Jedes Mal wenn Irina wieder kam, sprühte sie
vor Begeisterung, so aufgedreht wie sie war.
Ihre Augen waren zwar etwas glasig, Margarete
hatte an nichts Schlimmes gedacht.
Eines Abends kam Irina zu ihr, machte
einen ängstlichen Eindruck.
„Bitte, komm heute mit" sprach Irina.
„Wieso denn, was ist?"
„Alex ist so eigenartig, er meinte ich müsste
meine Schulden bezahlen"
„ Welche Schulden denn?" fragte Margarete.
„ Wir haben ein bisschen gehascht, Kokain
haben wir auch genommen".
„ Bist du denn verrückt geworden?" schrie
Margarete.
„ Bitte komm mit, ich will nicht allein sein"
flehte Irina.

Eine Stunde später hupte es vor dem Internat.
Ein weißer Bulli holte uns ab.
Alex war nicht dabei, zwei seiner Freunde
holten uns ab.
Als sie Margarete sahen meinten sie nur
„ Ist ja egal"
Wir fuhren ca. zehn Minuten, vor einem alten
Gemäuer hielt der Wagen an.
Irina und ich, gefolgt von den Freunden von
Alex gingen rein.
Ein großer Raum, ein Tisch in der Mitte bot
sich unseren Augen.
Wir blieben stehen und warteten.
Alex kam rein, mit nacktem Oberkörper, seine
Augen waren glasig, er war vollgepumpt mit
Drogen.
Als er Margarete sah zog er eine Grimasse.
„ Komm, sagte Alex, es wird etwas weh tun"
zeigte dabei auf Irina.
Irina ging auf ihn zu, er küsste sie gierig,
leidenschaftlich.
Hinter ihnen ging die Tür auf, es kamen drei
von Alex Freunden herein.
Einer davon, der älteste hielt eine Kamera in
der Hand.
Dieser Mann trug schmierige Jeansklamotten, die
langen, klebrigen Haare verdeckten sein Gesicht.
Er kam den beiden näher, ließ die Kamera
laufen.

Alex stieß Irina Richtung Tisch, riss ihr die
Sachen vom Leib.
Er schmiss sie auf den nackten Tisch.
Nach einer Weile zog er ihr den Rock vom
Körper.
Er lachte hämisch dabei.
Der Kerl mit der Kamera kam näher.
Margarete wollte Irina helfen, „ dieser Film"
sollte eine Vergewaltigung darstellen, hörte sie
vom Kameramann.
Es sollte nicht nur darstellen, es war eine.
Es dauerte lange, sehr lange.
Als Margarete merkte was passiert, wollte sie in
Richtung ihrer Freundin losrennen.
Zwei der Freunde von Alex hielten sie fest,
drückten sie an die Tür.
„Bleib ruhig, du kleines Flittchen, sonst bist du
die nächste" sagten sie.
Alex verging sich an Irina, sie ließ es kampflos
geschehen.
Endlich war er fertig.
Der Kameramann filmte immer noch.
Alex ließ von Irina ab, ging auf Margarete
zu, „ Ein Moment, du bist die nächste" sagte
er.
Margarete blieb die Luft weg, sie brachte kein
Wort heraus.
In diesem Moment hörten sie ein leises
Stöhnen, Irina wurde ohnmächtig.

Der Kameramann, anscheinend der Boss, kam
auf Alex zu und sagte.
„ Es ist genug, bevor die noch krepiert,
bring sie weg"
Alex sah ihn mit seinen glasigen Augen an.
„ Wenn du meinst" sagte er.
Sie zogen Irina ihre zerfetzten Sachen an,
zerrten Margarete mit in den Bulli und
fuhren in die Nacht.
Nach zehn Minuten Fahrt schmissen sie uns in
einen dunklen Park raus.
Irina kam langsam zu sich, sie flehte mich an
nicht die Polizei zu holen.
Welche Beweise hatten wir denn schon, eine
Russin und eine Polin, was konnten wir schon
erreichen?.
Als Irina noch mit weinender Stimme sagte,
das sie Alex liebt, er wäre ohne Drogen nicht
so, hätte Margarete am liebsten losgebrüllt.
Irina stand auf, versuchte zu laufen, es gelang ihr
nur sehr mühsam, sie blutete aus dem
Unterleib.
Am Internat angekommen ging Margarete vor,
holte neue Sachen für Irina.
Wir schlichen uns ungesehen in unsere Betten.

- Das Schicksal schlägt zu -

Irina erholte sich langsam, sie sprach nicht sehr
viel, es ging ihr trotzdem etwas besser.
Die körperlichen Wunden heilten schneller als
die seelischen.
Nur Margarete kannte die Wahrheit, niemand
sonst.
Nach sechs Wochen glaubte ich, Irina hätte es
geschafft, ich dachte sie hätte es verarbeitet.
Als Irina mich und noch andere abends
eingeladen hatte, habe ich mich sehr gefreut.
Meine Freundin Irina wollte uns zeigen wie
eine Geisterbeschwörung durchgeführt wird.
Sie hat das schon sehr oft in ihrer Heimat
gemacht und es hat immer geklappt.
Was macht es, dachte Margarete, lass sie doch
wenn sie Spaß dran hat.
Kurz vor Mitternacht gingen wir zu viert in
Irinas Zimmer.
Sie saß an ihrem runden Tisch, wirkte total
abwesend, ihre Augen sahen uns mit einem
toten Ausdruck an.
Hat sie wieder was genommen?, dachte
Margarete.
Irina hatte schon alles vorbereitet, auf dem
Tisch lag ein großer Zettel.
Ein kleiner Teller wurde aufgelegt.

Mit einem Kugelschreiber zog sie ein Kreis um den kleinen Teller, ringsum schrieb sie russische Buchstaben auf, daneben die Zahlen von 0 - 9.

Auf einer Seite des Blattes stand das Wort Ja, auf der anderen das Wort Nein.

Über dem Blatt befand sich eine brennende Kerze.

Irina wollte ihren Großvater rufen, ihre Großeltern sind beide im KZ vergast worden.

Sie setzte sich wieder dahin, wies uns die Plätze zu, vorher hatte sie das Fenster aufgemacht.

Das Fenster sollte aufbleiben, damit der Geist des Großvaters eindringen kann.

Es war unheimlich.

Der Wind peitschte durch das offene Fenster, wir saßen in der zweiten Etage.

Irina streckte ihre Hände aus, wir sollten es ihr nachmachen.

Ihre langen weißen Finger, die Haut fast durchsichtig, wirkten wie mit Pergament bezogen.

Wir warteten nicht lange, auf dem Teller, auf der Rückseite, war ein schwarzer Pfeil aufgemalt worden.

Der Teller schien sich zu bewegen.

Die einzelnen Buchstaben wurden durch den Pfeil angezeigt, bildeten ein Wort nach dem anderen.

Irina sagte nur "das ist mein Großvater"
Margarete wollte ihren Augen nicht glauben,
suchte den Trick.
Irina steigerte sich dermaßen darein das es
Angst machte ihr zuzusehen.
Sie stand abrupt auf, ging zum geöffneten
Fenster.
Plötzlich sprang sie auf die Fensterbank, sie sah
mich an, sagte nur „ verzeih mir, ich kann
nicht mehr"
Bevor Margarete verstanden hatte, geschah es,
Irina sprang runter.
Wir liefen alle nach unten, Irina lag auf dem
Betonboden, mit einem leichten Lächeln im
Gesicht, aus ihren Mundwinkeln lief Blut, sie
war sofort tot.
Ihre Leidenszeit war zu Ende.
Später habe ich erfahren das sie schwanger
gewesen ist.
Mein Schicksal war gar nichts im Vergleich zu
dem meiner Freundin.
Der Satz „ Gott bürgt einem nur so viel auf, wie
derjenige vertragen kann" hatte für sie die
Gültigkeit verloren.
Irina wurde zu viel aufgebürgt.

Ruhe in Frieden Irina.

- Eine harte Zeit -

Internatszeiten, bis auf das Schicksal von Irina,
waren schön, nun waren sie vorbei.
Wir schrieben das Jahr 1980, ich wohnte wieder
zu Hause, immer noch in dem kleinen Kurort.
Vater Jan, so lange Du die Füße unter meinem
Tisch etc. etc.
Im Internat gab es Regeln und Pflichten, die
wurden auch akzeptiert und befolgt.
Zu Hause stand Jans Autorität an erster und
letzter Stelle.
Die so lange gesuchte Freiheit und Demokratie
galt für Margarete nicht mehr.
Das Wort Toleranz gab es nicht in Jans
Wortschatz.
Ich bin tolerant gegenüber Ausländern,
Vorbestraften, Homosexuellen u.s.w.
Bleibe ich das auch, wenn es um meine Familie
geht?
Ganz ehrlich, liebe Leser, aus der Ferne ist jeder
von uns sehr schnell tolerant.
Wehe aber, wenn der Sohn oder die Tochter
einen Vorbestraften oder einen Homosexuellen
im Freundeskreis hat, oder sogar ehelichen
möchte.
Wie weit geht dann unsere Toleranz?
Polen gegenüber gibt es genug Vorurteile.

Wie schon erwähnt die Männer trinken und schlagen ihre Frauen, klauen und schmuggeln.

Sind oberflächlich, wie alle aus dem Ostblock sind sie auch raffgierig und wollen alles um sonst haben.

Die Arbeit hätten diese Menschen nicht erfunden, Sauberkeit ist auch nicht die Stärke der Pollaken.

Das schlimmste Übel sind die polnischen Frauen, so schön wie manche sind, so verdorben sind sie auch, die meisten führen einen leichten Lebenswandel.

Liebe Leser es klingt hart, leider sind mir persönlich sehr viele dieser Vorurteile begegnet.

Es ist mir auch bewusst, dass es nicht alle Menschen betrifft.

Eine Zeitlang habe ich mich nur sehr ungern zu erkennen gegeben, für alle Übeltaten einzelner meiner Landsleute fühlte ich mich verantwortlich.

Es hat keiner das Recht ein ganzes Volk zu verurteilen, nicht alle Deutschen haben Vorurteile.

Die Menschen sind verschieden, in jedem Volk, überall gibt es die sogenannten bösen Buben, deswegen ist das ganze Volk nicht schlecht.

Anscheinend hat ein jedes Volk gegenüber anderen irgendwelche Vorurteile.

Jan hatte auch genug davon.

Die Deutschen waren ihm zu kalt, zu egoistisch.

Die Franzosen waren zu oberflächlich, was ein Zufall?

Die Schotten natürlich zu geizig, dieser Meinung ist wohl die halbe Welt.

Die Russen würden saufen, die Polen wären nicht so schlimm.

Diese Liste könnte ich ohne weiteres fortsetzen.

Jan mochte auch keine Südländer, die waren ihm zu laut und vor allem zu klein.

Margarete musste sich ständig anhören, er wolle keinen Schwiegersohn mit 150cm, den hat er auch nicht bekommen.

Dabei hatte Margarete überhaupt keinen festen Freund, die Erfahrung mit dem nächtlichen Besuch und das Schicksal von Irina habe sie sehr vorsichtig werden lassen.

Ihre Sorge betraf die Schule, eine normale Lehrstelle kam nicht in Frage, Vater Jan meinte seine Tochter solle etwas besseres werden.

Jan vom Beruf Textilarbeiter, Mutter Eva Verkäuferin wollten durch ihr kluges Mädchen ihre Träume verwirklichen.

Nach einer Berufsberatung brachte sie ein Buch mit nach Hause.

Berufsaktuell hieß es, beschrieb viele Berufe.

Jan und Eva konnten zwar nur gebrochen Deutsch, was ein Beamter ist, wussten sie.

Außerdem hatte Jan irgendwo gehört, Beamter wäre ein guter Job, es ist bestimmt etwas wahres daran.

Er nahm das Buch und ohne genau die Bedeutung zu verstehen, markierte alle Beamtenberufe rot an.

Es waren etliche Seiten, das Mädchen wurde dazu angewiesen, sich ab sofort darum zu bemühen.

Das ein Beamter deutscher Staatsbürger sein muss, war für Jan nicht relevant.

Nachdem Margaretes früherer Lehrer mit Jan gesprochen hatte, musste er schweren Herzen von dieser Vorstellung abweichen.

Fremdsprachen, dachte Jan, das wäre es doch.

Seine Tochter hatte so schnell englisch und deutsch gelernt, polnisch konnte sie ja auch noch.

So kam es wie es kommen musste, Jan meldete seine Tochter auf der Schule für Fremdsprachenkorrespondenten an.

Welches Glück, die anderen Schüler kamen aus der Realschule, manche hatten Abitur.

Sie kam mit dem Abschluss der Hauptschule, davon zwei Jahre Förderklassen im Internat, zwei verlorene Jahre durch die Weltreisen.

Für Jan war das alles kein Problem, für Margarete um so mehr.

Sie wurde von ihrem Vater richtig ins kalte
Wasser geworfen, das Schulniveau war zu diesem
Zeitpunkt viel zu hoch für sie.
Abends wurde sie täglich von Jan und Eva gefragt
„ Kind alles in Ordnung?"
Natürlich war es nicht in Ordnung.
Zwei Jahre Qual und Druck, wieder zwei
verlorene Jahre.
Eines war gut, Margarete wurde achtzehn, sie
durfte ihre vielen Fehlzeiten an dieser Schule
selber entschuldigen.

Ihre Schulfreundin Anna, ein deutsches,
schüchternes Mädchen mit einem blassen,
rundem Gesicht und hellblondem Haar wurde
Margaretes Begleiterin.
Beide Mädchen wollten und konnten aus
verschiedenen Gründen den Druck nicht
mithalten, Anna ging von der Schule rechtzeitig
runter, ihre Eltern haben eingesehen was sie ihrer
Tochter antun.
Jan und Eva hätten nie einen Gedanken daran
verschwendet, das ihre Tochter es nicht schaffen
könnte.
Margarete, eindringlich beraten durch Jan,
Widerworte nicht erlaubt, sollte noch ein Jahr
investieren.
Das tat sie auch, eine Alternative gab es nicht,
Jan war nicht gerade zimperlich.

Er teilte auch zwischendurch sehr gut aus,
Margarete hatte langsam Angst vor ihm.
Seine Ohrfeigen konnten sehr weh tun, wie war
das mit dem Vorurteil?.
Sie hätte es umgehen können, indem sie auch
seiner Meinung gewesen wäre.
Ihre Angst wandelte sich mit der Zeit fast in Hass
um.
Mutter Eva, immer ja sagend, Papa hatte Recht.
Wenn Papa meinte das Gras ist blau, dann war
das Gras auch blau.
Für Margarete war das Gras vielleicht dunkelgrün
aber niemals blau.
Diese Demokratie war zu Hause an der
Tagesordnung.
Wo sind die polnischen Glückspilze geblieben?
Haben sie nicht die Freiheit gesucht?
War das die Freiheit?
Diktatur, der Stärkere frisst den Schwächeren.
Auch in der eigenen Familie?
Ist nicht die Familie der Schutz, ein Zufluchtsort
vor dem Wahnsinn der fremden Welt?
Als Jan und Eva dem Wohnen in dem kleinen
Kurort überdrüssig wurden, ergriff Margarete ihre
Chance.
Sie erzählte in einer harmonischen Stunde, die
gab es auch, von der schönen Stadt an der Lippe,
dem kleinen Venedig.

Jan und Eva hatten ihre Tochter damals auf dem
Weg zum Internat begleitet.
Sie wollten sich diese nochmals ansehen, eine
Wohnung in dieser Stadt suchen.
Anna, die kleine Schulfreundin wohnte auch dort.
Margarete, Jan und Eva zogen in Richtung klein
Venedig im Jahre 1983 um.

- Gretel wird geboren -

Anna, meine kleine Freundin, besuchte mich
öfters zu Hause.
Während wir zusammen auf der Schule waren,
erzählte sie stolz ihr Vater sei ein Manager, sie
hoffte dadurch besser angesehen zu werden.
Anna war auch ein Einzelkind, eins aus der
wirklich verwöhnten Art.
Alle Probleme, die kleinsten Hindernisse blieben
ihr erspart, ihre Eltern hatten sie derartig behütet,
ihr alles abgenommen, das sie bei den kleinsten
Schwierigkeiten vor einem Weltuntergang stand.
Sie war sensibel und voller Komplexe, ihr
Selbstwertgefühl gleich null.
Nach außen hin versuchte sie immer anders zu
sein.
Beim einfachem Eisessen, alle nahmen Sorten
wie Vanille und Schokolade, Anna fragte nach
Pfefferminzeis.
Frikadellen musste Anna mit Mayonnaise und
Senf essen.
Ihre Kleidung war immer aktuell und entsprach
dem neuesten Schrei, sehr teuer war sie auch,
nur Markensachen wurden getragen.
Na ja, wenn der Vater doch Manager ist.
Da wir jetzt in der gleichen Stadt wohnten, lud
Anna mich zu sich ein.

„ Wenn du willst, komm heute zum Kaffee" sagte Anna.

„ Es ist nicht alles Gold was glänzt" sprach sie leise weiter.

Margarete schaute sie an.

Anna machte einen aufgeregten, sehr nervösen Eindruck, ihr rundes Gesicht war hocherrötet.

„ Ich habe geschwindelt, mein Vater ist kein Brauereimanager, er ist nur LKW-Fahrer und fährt für die Brauerei Bier aus" beichtete Anna.

„ Was ist denn so schlimm daran?" fragte ich.

„ Ich habe nur angeben wollen" sprach Anna.

„ Was ist? Kann ich zum Kaffee kommen?

Anna lachte, wollte ihrer Mutter Bescheid sagen, damit diese einen Kuchen backen kann.

Sogar Jan mochte Anna, sie war ruhig, unscheinbar und vor allem gab sie keine Widerworte.

So durfte ich mit Anna meine Freizeit verbringen, auch schon mal bei ihr übernachten.

Anna nahm mich mit in ihren Bekanntenkreis, ihre Freunde wurden meine Freunde.

Als Polin wurde ich zwar am Anfang misstrauisch begutachtet, nach einer gewissen Zeit jedoch anerkannt.

Unser Treffpunkt war die kleine Kneipe ums Eck, ein Billardtisch und die Kegelbahn waren für uns interessant.

Eine Fußballthekenmannschaft gab es auch,
Annas Freund spielte auch mit.
Abends, meistens am Wochenende trafen sich die
ganzen Spieler in dieser Kneipe.
Margarete ging durch die große Eingangstür rein,
rechts angeordnet standen die Eichentische,
ringsum gemütliche Sitzgelegenheiten.
Links befand sich die Theke, dahinter unser Wirt,
Angelos, ein alter Grieche mit dem Aussehen von
Alexis Sorbas.
An dem dritten Tisch angelehnt, sah sie einen
jungen Mann.
Die helle blaue Jeans passte sehr gut zu seinem
Westernhemd, er war gepflegt.
Obwohl er noch jung war hatten seine
dunkelblonden Haare einen ganz kleinen, grauen
Schimmer, sie waren sehr kurz.
Als Margarete an ihm vorbei gehen wollte, stand
er auf, ging auf sie zu.
In dem dieser Mann aufstand sah Margarete hoch,
sein Körper wollte nicht enden.
Er kam ihr riesig vor, er war es auch, fast zwei
Meter groß.
Seine Hand ging in ihre Richtung, es war
elektrisierend.
„ Ich heiße Jürgen, würde dich gerne
kennenlernen" sprach dieser Riese, Margarete sah
in seine Augen, sie waren grün, Katzenaugen
dachte sie.

Diese Augen waren leidenschaftlich und zärtlich zu gleich, ihr erster Eindruck sollte sie nicht trügen.

„ Wie heißt du?" sagte er.

„ Margarete"

„Ich komme aus Neheim-Hüsten" sagte Jürgen.

„Woher?"

„ Aus Neheim-Hüsten"

„Ich habe es immer noch nicht verstanden, kenne ich nicht"

„Aus Arnsberg" sprach Jürgen.

„Davon habe ich schon etwas gehört, die Regierungsstadt"

„Margarete, diesen Namen gibt es heute nicht mehr so oft" sagte er.

Die unaussprechliche polnische Namensvariante wollte Margarete ihm nicht sofort antun.

Jürgen sah sie an und sagte „ Gretel, den Namen kenne ich"

„Hänsel und Gretel, die kenne ich auch" sagte ich und wir lachten beide.

Jürgen war Torwart, zur Zeit bei der Bundeswehr, seine Heimat war das Sauerland.

Bei einem späteren Treffen trug er seine Uniform, machte darin eine gute Figur, groß und schlank wie er war.

Als ich nach ein paar Wochen den ganzen Mut zusammengenommen hatte und Jürgen Jan und Eva vorstellte, sagte Jan nur, der ist aber groß.

Ein Jahr später wurde unser Sohn Dennis
geboren.
Gretel, mittlerweile habe ich mich an diesen
Namen gewöhnt, ihre Heimat ist heute das
schöne Sauerland.
Heimat ist für mich der Ort wo ich gerne bin, wo
die Menschen sind die ich liebe und selber geliebt
werde, auch wenn es sich bieder und altmodisch
anhört.
Über die Straße zu gehen, vertraute Gesichter zu
grüßen ist schön.
Ständig eine neue Sprache, neue Umgebung muss
nicht sein, das Leben ist auch an einem Ort
schön, fast langweilig, Gott sei Dank.
Jetzt weiß ich auch das ein Mensch sehr stark
sein kann, er sollte es trotzdem nicht ständig
versuchen.
Ich lehne mich heute noch sehr gerne bei meinem
großen, starken Mann an, und gebe ihm auch
Hilfe falls er die mal braucht.

- Das Jetzt-

Gretel holte die Post ins Haus, Werbung,
Rechnungen und ein kleiner Brief, an sie
adressiert.
Sie machte ihn auf, endlich, dachte sie, ein
Bewerbungsgespräch, vielleicht eine neue Stelle.
Vor ein paar Jahren hatte sie ihren
Kaufmannsbrief nachgeholt, sie wollte es sich
damals selber beweisen, nur für sich, nicht für
Jan oder sonst jemand.
Beruflich konnte sie ihre Fremdsprachen gut
einsetzen, hier hatte Jan schon Recht.

Oma Maria ist schon seit zehn Jahren tot, sie ist
sehr alt geworden.
Maria ist in ihrer Heimat geblieben, sie sagte nur,
einen alten Baum kann man nicht verpflanzen,
ihre Kirche und ihre Sprache, ihre Freunde und
Bekannte sind ihr wichtiger gewesen als der
Luxus im goldenen Westen.
Ich habe sie verstanden, sie deswegen auch
beneidet.

Meine kleine Freundin Anna ist schon lange
verheiratet, hat zwei Kinder, sie wollte dafür
sorgen das ihre Nachkommen keine verwöhnten
Einzelkinder bleiben.

Alex wurde von der Gerechtigkeit eingeholt,
kurze Zeit nach dem Tod von Irina starb er
an einer Überdosis Heroin, ich habe es ihm
gegönnt.

Jan und Eva leben heute noch in klein Venedig,
sie lieben ihren einzigen Enkel über alles.
Vermutlich gehen sie auch irgendwann in ihre
Heimat zurück, die alten Wurzeln ziehen sie
immer mehr dahin.
Hier haben sie nie eine gefunden.
Mittlerweile verstehen wir uns alle sehr gut, jetzt
glaube ich, das Jan und ich uns zu ähnlich waren
in unserer Sturheit, denn stur bin ich auch.
Ihnen habe ich viel zu verdanken, das Leben im
Westen, die vielen Reisen haben auch ihre
positiven Eindrücke hinterlassen, sie waren auf
jeden Fall sehr lehrreich.
Jürgen, mein Ehegatte, hat noch mal Glück
gehabt, sein kaputtes Knie muss nicht operiert
werden.
Meinen Großen, habe ich schon 17 Jahre, eine
kleine Ewigkeit, als gebürtige Polin grenzt es
schon an ein Wunder den gleichen Mann solange
zu lieben, ihm treu zu bleiben.
Wir sind mehr durch dünn als dick gegangen, das
soll auch immer so bleiben.

Seine Katzenaugen verursachen bei mir immer
noch ein Kribbeln, mittlerweile etwas gedämpfter
aber immer noch sehr angenehm.
Mein Sohn Dennis hatte Recht, ich werde alt,
vielleicht in dreißig oder vierzig Jahren.
Ist man nicht so alt wie man sich anfühlt?
Ihm steht noch sein ganzes Leben bevor, noch ist
es einfach und langweilig, er sollte sich glücklich
schätzen, vielleicht bleibt es auch so.

Ich weiß nicht genau was noch auf uns zukommt
aber das ist auch gut so.
Wäre es nicht grausam zu wissen, welches
Schicksal uns erwartet?

Ein jedes Ende bedeutet einen neuen Anfang.
Warum sollte man sich nicht darauf freuen?

Ihre Gretel

Wir sind alle nur Menschen, solange wir es nicht vergessen, werden wir es immer bleiben.